GOBOOKS
& SITAK
GROUP©

GOBOOKS & SITAK GROUP©

三日月書版

三日月書版

草子信
illust 日々
遊戲結束之前
ゲームが終わる前に
三日月書版
輕世代 FW342
—支配禁止—
BEFORE THE END OF THE GAME

遊戲結束之前
ゲームが終わる前に
BEFORE THE END OF THE GAME

CONTENTS

BEFORE THE END OF THE GAME

CHARACTER FILE 001

私家偵探

左牧

遊戲角色：玩家

喜歡耍小聰明，充滿心機的利己主義者。受人委託參加遊戲，有冷靜分析和觀察的能力，雖說是普通人，但對血腥畫面習以為常。

BEFORE THE END OF THE GAME

CHARACTER FILE 002

殺人魔

兔子

遊戲角色：罪犯／左牧的搭檔

個性古怪，偶爾會表現出懦弱的一面，但戰鬥時卻可以面無表情地將人殺害。

原是無主罪犯，遇見左牧後主動接近他。對左牧有相當強烈的占有欲，是個讓人捉摸不透的神祕男子。

BEFORE THE END OF THE GAME

楔子

ゲームが終わる前に

在博廣和的邀請下，左牧帶著兔子來到集合地點。說實話，當博廣和把GPS定位發給他的時候，他完全沒想到集合地點會是這裡。

「那傢伙還真是有夠欠揍，不如說他是故意想整死我們其他人吧。」

兔子不是很明白左牧的意思，對他來說，這裡並沒有什麼不對勁的地方。

看著兔子天真無邪地歪著頭，左牧也只能大聲嘆息。

博廣和找的集合點不僅十分空曠，甚至沒有任何遮蔽物，簡直打算讓所有人直接接受陽光洗禮，而且今天氣溫將近三十五度，他都快熱死了好嗎！

當他抵達的時候，已經有幾個人等在那，空曠的平地上也不知道什麼時候搭起帳篷，儼然像個小型游牧部落。

但就算是這樣，也無法改變此處高溫炎熱的事實。

不是他抱怨，他們不是應該私下偷偷集合討論嗎？為什麼要搞成完全沒有防備的樣子，根本是在對敵人說「快來偷襲我吧」。

「唉，真不想去。」

他是真的不想跟其他玩家搭上關係，不過他沒辦法拒絕博廣和，只能乖乖現身。

兔子一直盯著左牧，聽著他碎碎念，看他這麼不情願的樣子，便拿出軍刀，作勢要過去把那些讓他煩惱的人全部處理掉。

「你給我等等。」左牧抓住他的肩膀，眼角微微抽動，「你打算去幹什麼？蠢兔子。」

就算他沒回答，光看行動也能猜到兔子在打什麼算盤。

這傢伙是真心想讓他的處境變得更加艱難吧？

「沒有我的命令，不准動手。」

兔子沮喪地垂下頭，看起來就像被責備的小狗。

可左牧根本不打算心軟，畢竟他還沒忘記上次在博廣和面前發生的事。

失去冷靜的兔子讓他感到害怕，萬一他之後真的完全阻止不了他的話——

左牧抬起頭，冷汗直冒，完全不敢想像。

讓兔子待在自己身邊是一把雙面刃，他只能盡量想辦法不讓最糟糕的情況發生。

「這不是左牧嗎？廣和說會邀請你，原來是真的。」

「正一先生。」

和左牧搭話的，是已經恢復健康的正一。

雖然他的臉色看起來還有些疲倦，但相較於之前垂死的情況，已經算得上是恢復良好了。

「這個遊戲不會給重傷玩家休息恢復的時間嗎？」

之前先是被博廣和追殺，接著又開始進行鑰匙爭奪任務，可想而知，正一根本沒有多少時間能夠休息。

正一笑道：「你還是一如往常地奇怪，我看這座島上恐怕只有你還保有人性吧。」

「畢竟我才剛來沒多久。」

「可以的話，我希望你能繼續保持下去。」正一的眼眸突然黯淡下來，「無論發生什麼事，千萬不要失去你的『人性』。」

說著這句話的正一，精神看起來不是很好，但左牧也只是看在眼裡，並沒有回應。

「別跟他們說這麼多，正一。」梟從後面走過來，一見到兔子，他的臉立刻臭到極點。

匆匆瞥了兩人一眼，梟便用手臂環住正一的脖子，強硬地把人拖走。

正一苦笑著向左牧揮揮手，左牧也只能無可奈何地抓抓頭髮。

怎麼感覺，梟似乎比之前還要更討厭他們？

BEFORE THE END OF THE GAME

規則一：玩家集會不受規則限制

ゲームが終わる前に

博廣和這次召集玩家的集會，屬於玩家之間的私下互動，並不受遊戲規則限制，但所有人都很有默契地將自己的搭檔留在距離帳篷三百公尺左右的地方。

雖然把梟跟兔子留在那裡很讓人擔心，可左牧也沒辦法，不照著做，就等於和其他玩家為敵。

他有必須待在島上的理由，說什麼也不能在這種時候引發問題。

當他進入帳篷後，立刻被衝過來的黃耀雪緊緊抱住。

「小牧！」

「噗嗯——」

左牧差點因為他的撞擊而吐血，加上他對自己的親暱稱呼，簡直讓人雞皮疙瘩掉滿地。很快地，他就成為所有人的目光焦點，連正一也吃驚地看著他。

「嗚哇啊啊啊，真的是小牧！廣和先生說你會來是真的！」黃耀雪開心不已，根本沒把其他人的目光當回事，在左牧面前嚎啕大哭起來。

「等等，你、你……你幹嘛？」左牧被他搞得好混亂。

明明之前遇到黃耀雪的時候，他不是這種個性啊！

難道是因為從鬼門關走過一回，所以性格大變？

正一看到左牧慌慌張張的模樣，趕緊過來替他把人推開。

黃耀雪很不高興，硬是巴著左牧不放。

「你幹嘛？別打擾我。」

「我是看左牧很困擾……」

黃耀雪噘嘴反駁：「老子可是小牧的好兄弟。」

正一愣了一下，轉頭看向左牧，左牧急忙搖頭否認。

「哎呀，你幹嘛害羞？」黃耀雪直接把左牧的頭壓住，開心地揉亂他的頭髮。

就在左牧的忍耐閥值已經快到極限時，黃耀雪被人從後面揪住衣領，拎了起來。

「你在做什麼有趣的事情呢？」

笑盈盈地用充滿威脅的口吻提問的，正是這次的集會召集人——博廣和。

黃耀雪一看見他臉都綠了，急急忙忙掙脫，躲到左牧的背後。

「別碰老子，你這大魔王！」

「這是對救命恩人說的話？」

「救我的人是小牧，你也只是想要討好他才會幫忙。」

「嗯——你說的沒錯，不過你可別忘記了，沒有我的幫忙，你根本活不到現在。」

這雖然是事實，但從博廣和的嘴裡說出來，就格外討人厭。

左牧本來沒有打算引人注目，可在這種情況下，實在有點困難。

而且他從鑰匙爭奪任務之後就沒有和黃耀雪聯繫，誰知道他會變成自己的瘋狂粉絲，還親暱地叫他「小牧」。

要是兔子看到現在的情況，肯定會發瘋吧。

「拜託你們別鬧了，今天不是有重要的事情要討論？如果你們再繼續浪費時間，我馬上走人。」

這句話果然讓黃耀雪和博廣和安靜下來。沒想到左牧一開口，就讓兩人乖乖聽話，正一倒是相當意外。畢竟博廣和不久前還打算殺死他們，現在表現出的態度，卻與之前大相逕庭。

正一不由得佩服起左牧，甚至懷疑他是不是有馴服野獸的能力，不管是傲慢的毒蛇還是噬血的兔子，全都被他緊緊套牢。

「這新人說得沒錯，廣和，我們可是看在你的面子上才來的，你能不能正經一點？」

一名玩家臭著臉走過來，將手搭在博廣和肩上，但博廣和瞬間轉過頭，用陰冷至極的表情盯著對方，差點沒把人給嚇死。

那名玩家冷汗直冒，下意識將手收回，甚至還能看見他有些顫抖。

這才是面對博廣和時應該有的反應啊，左牧不禁在心裡這麼想。

「人應該已經集合得差不多了吧？那就不應該再浪費時間，每個玩家在這座島上的時間都是很寶貴的，更不用說這裡還是毫無掩體的平原，萬一真有人打算把我們一網打盡，絕對不會錯過這個機會。」

「你不用擔心，周圍有我的人鎮守，我敢跟你保證，就連一隻松鼠都進不來。」

同樣的，這表示也沒有任何人能夠離開。

左牧沒把他的話當成玩笑或耳邊風，正因為是博廣和，所以他說出口的話絕對不能片面解釋。

博廣和對待這名玩家的態度和對待左牧完全不同，他臉上雖然堆滿笑容，卻感覺不到一絲善意。即便沒有不懷好意，也依舊令人冷汗直冒。

「你昨天通知我的時候聽起來很急切，再繼續浪費時間，對我們都沒有好處。」

左牧想盡快離開博廣和身邊，說實話，待在他身邊太令人窒息了，感覺只要稍一分心，就會被他反咬一口。

他特地選在集合時間的最後幾分鐘才到場，就是想不浪費時間，想趕緊結束集會。

「沒錯，這件事確實很緊急，或許也是所有玩家目前最大的危機。不過，僅止於在場所有人——」

玩家們的目光早就已經聚集在他們身上，博廣和也趁著這機會，直接宣布此

次集會的重點。

所有人你看我、我看你，就算能理解博廣和的意思，還是會為了他發號施令

的姿態而感到不爽。

「你的態度真讓人討厭，要不是因為覺得合作比較好，恐怕包括我在內，沒

人想跟你聯手。」一名皮膚有些黝黑的玩家雙手環胸，十分不快地冷哼。

博廣和瞇起眼睛看著這名比他矮小的玩家，忍不住勾起嘴角：「呵，還真敢

說。上回你們為了殺掉那個男人，不是被虐得挺慘的？甚至還賠上兩個同伴的性

命。」

左牧可以看見那個人因博廣和的挑釁，眉間滿是怒火，就像是要把博廣和碎

屍萬斷。

關於上次的鑰匙爭奪任務，他知道的並不多，畢竟那時幾乎都在和黃耀雪他

們想辦法逃離守墓人，和其他人相比，簡直是處在兩個不同的世界。

除了博廣和告訴他，另外兩個死者不是持有四把鑰匙的玩家之外，他什麼都

不知道。單就這點來說，和他差不多時間登陸島上的黃耀雪也一樣。

「到底發生了什麼事？」黃耀雪直接切入主題，「我們兩個跟你們這些老手

不同，我們可是完全沒有頭緒，今天會來也是因為想知道事情經過。」

「菜鳥就乖乖閉嘴，雖然我不知道為什麼博廣和要找你們，但你們根本無法替代死去的那兩個玩家。」一個戴著眼鏡、一副高知識分子模樣的玩家，冷冷地反駁黃耀雪。

黃耀雪當然不可能乖乖讓他這樣說自己，忍不住氣得咬牙回嘴：「你說什麼？可別小看我！」

「哼，有本事的話就讓我看看，別在那裡像條野狗亂吠。」

「野野野、野狗？你這混──」

「冷靜點，他說的確實是實話。」左牧一開口，不只黃耀雪，連眼鏡男也嚇了一跳。

因為他不認為左牧是那種會乖乖承認自己實力弱的人，沒想到情況居然出乎他意料之外。

「小牧，你認真的嗎？臭眼鏡可是沒把我們放在眼裡欸！」

「任誰都不會相信才剛來島上沒多久的玩家會比他們這些老手強。還有別叫我小牧。」

左牧說得很有道理，黃耀雪也無法反駁，只能自己生悶氣。

看著兩人交談的眼鏡男，有些讚賞地推了下鏡框，直盯著左牧看。

這個男人的客觀看法和冷靜思考確實有點看頭，他好像可以明白為什麼博廣和會看上他了。

小小插曲結束後，博廣和繼續說道：「上次聯手失利的事，我想這裡的大部分玩家都知道原因。那個人不但完美迴避你們的進攻，還反過來殺掉兩名玩家，甚至讓所有人負傷，這表明對方手裡有比我們更強大的棋子。」

「他們不知道從哪找來那些面具型罪犯，無論是移動速度還是攻擊動作，都是我們手邊的面具型罪犯應付不來的。」皮膚黝黑的玩家提起這件事的時候，語氣還有點顫抖。

其他人也跟著陷入沉默，氣氛頓時變得凝重起來。

直到正一開口說話：「我們就是為了調查這件事才會聚集在這裡的，不是嗎？那個人不也清楚表明，會在下一次鑰匙爭奪任務之前把我們全部殺掉。」

左牧靜靜聽著正一說話，若有所思地低頭思考。

「你說過，並不是所有玩家都會來這裡對吧？」他清點完帳篷內的人數，明顯少了幾個人，「其他人是不想和你合作，還是說他們打算自己處理？」

「不。」博廣和垂下眼來，「有些傢伙臣服於對方的力量，甘願當他的小弟，有些人則是選擇旁觀。」

左牧有些意外，那些玩家難道不怕自己一個不小心被背叛？

不過這麼做也很正常，畢竟和強者同一陣線，自己死亡的機率也會降低不少。

他猜想其中有些人大概已經放棄希望，所以才會選擇這麼做，這樣至少能活得久一點。

這也就表示，他們應該被對方所擁有的實力和力量嚇得不輕。

除去兩名死亡的玩家和許靖傑，和博廣和一樣，仍想殺掉對方的只有包含他在內的九個人，而目前玩家人數只剩下十四名，照理說，他們有人數上的優勢。

「但就算我們人多，也不見得能夠打得贏吧？畢竟上次你們也是多數人聯手圍剿那個玩家不是嗎？」他坦白說事實。這些話傳入其他人耳中，每個人都露出沮喪或難看的臉色，但同時也勾起他們的戰鬥欲望。

「這樣正好，我就想看看那個混蛋打算怎麼幹掉我！」皮膚黝黑的玩家發狂似地大笑，看起來有點中二。

正一苦笑道：「就算沒來，也不代表他們全都成了對方的走狗。」

「無論是不是，他們都會成為很難預判的變數，最好還是調查一下。」

「調查的話，我這邊已經開始進行了。」博廣和說完，從桌上拿起文件，各自交給在場所有人，「你們回去之後再看，利用遊戲之外的時間。另外還有這個。」

他拿出一個像是徽章一樣的東西，圖樣是翅膀，設計還滿好看的，不過這絕對不可能只是單純的飾品。

「這是行動分享器，連線系統是我個人專屬的安全網，不會被發現監聽。彼此聯絡的時候記得使用它，免得被敵人察覺我們的行動。對方手裡也有很厲害的程式設計師，不能大意。」

這年頭每個人都流行帶著駭客嗎？左牧忍不住在內心吐槽。

「距離下次的鑰匙爭奪任務還有一段時間，我們的合作關係在殺掉他之後就會自動結束，屆時這個分享器也會無法使用。另外還有件事——」博廣和垂下眉毛，冷聲道：「萬一我死了，合作關係也算結束。」

從未聽過博廣和說出這種話，在場所有人都驚呆了，就連左牧也瞪大眼睛。

那條毒蛇竟然會做出這種假設，看來事情比他想得還要嚴重。

他低頭看著手中的文件，沉思不語。

為什麼打從他加入遊戲後，就沒有發生過一件好事？

博廣和召集玩家集會所花費的時間沒有他想像中的久。整體而言，大概才三、四十分鐘而已，原本他以為會耗費更多時間。

這段期間，他們約定好幾個有合作關係的玩家之間禁止殺戮。畢竟自相殘殺沒有好處，更何況，要是再減少同伴人數，也只會讓他們變得更加不利。

所有人都心知肚明，因此沒有人否決這個約定。

為了不被黃耀雪纏住不放，左牧稍微花了點時間繞過他，和正一也只是稍微打個招呼後便各自離開。對他來說，黃耀雪的「崇拜」和「信任」讓他覺得十分棘手。

暫時回到「巢」的左牧，拿出了博廣和給的文件資料。

看來他是不想要儲存成數位檔案，畢竟在這個地方，數位的東西安全性令人堪憂。

兔子見左牧回來後就臉色凝重地看著那疊文件，只能小心翼翼地趴在沙發椅背上偷看他。

被人這樣直勾勾地盯著，就算左牧想專心也做不到。

「你就不能去做點別的事嗎？」

他實在受不了被兔子整天黏著。剛才也是，他不過才離開幾十分鐘，兔子一見到他出現立刻衝過來抱住他，然後帶著他屈膝往上跳躍，迅速離開。

可以想像，跟著他的正一和黃耀雪看到那畫面肯定十分傻眼，因為連他自己都想找地洞鑽進去。

就算他可以想到事情的發展，也還是習慣不了。

兔子面具上的兩條帶子就像耳朵一樣垂在兩側，看起來怪可憐的。

「我打算和那幾個玩家合作，你可別誤殺對方，我們之間有禁止出手的條約。」

兔子的眼眸寫著滿滿的不願意，就像一個任性的孩子。

他將平板舉過頭，給左牧看。

「不能殺掉姓博的？」

左牧嘆口氣，就知道他會這麼問，果斷回答：「不能。」

「打斷腿呢？」

「說了不行，不管你問幾次都一樣。」

被左牧再次拒絕，兔子也只能垂頭喪氣地放棄。

總算讓兔子放棄，左牧終於可以安靜地好好研究資料。

可以待在「巢」的時間還有二十分鐘，總之能看多少就先看多少吧。

在他思考的過程中，時間很快就過去了。時間一到，他便跟著兔子也離開「巢」，開始他們今天的逃命生活。

博廣和要他們照著平常的模式活動，在下次的鑰匙爭奪任務來臨前，千萬不要輕舉妄動，也不要相信聯盟之外的玩家。

他們現在還是沒辦法確定，其他人是不是都已經跟那名持有四把鑰匙的玩家合作。就算知道有人投靠那名玩家，他們也無法確認對方的身分。

依照現在的情況，加上那個人宣告過會在這之前把他們趕盡殺絕，所以無論如何都必須小心謹慎。

左牧也同意，現在儼然已經演變成派系鬥爭，而且他們本來就是利用人數優勢，減少成員對他們來說相當不利。

博廣和也說過會去調查其他玩家，確定他們的意向，可以的話就把對方拉攏過來，沒辦法就只能先殲滅再說。

畢竟他們不能再讓那持有四把鑰匙的玩家增加更多戰力。

既然不用理會那些問題，左牧就有更多時間調查失蹤玩家的情報。

「總之，先從這裡開始調查吧。」

左牧再次來到之前為了躲避守墓人而闖入的那座廢棄已久的「巢」。兔子雖然疑惑，但還是乖乖帶他過來了。

沒有攜帶平板的兔子沒辦法和左牧溝通，於是只能一直盯著左牧看。

「這裡已經被廢棄一段時間了，但上次使用電腦的時候，電腦是待機狀態，也就是說，這裡應該有人使用。」

兔子聽到他這麼說，恍然大悟地敲了一下手掌心。

他拉開椅子坐下，檢查電腦的情況。

每個「巢」的電腦系統內建時間，是玩家登陸島上的日期，並且不會隨時間更動。

不過只有電腦如此，ＧＰＳ定位手表和平板則不會受此限制。

所以想要知道這個玩家來到島上真正的時間，只要打開「巢」的電腦確認就可以了。

而這臺電腦顯示的時間，大約是在兩年前，和他要調查的失蹤玩家登陸這座島的時間相符。

「遺棄半年的『巢』可能找不到什麼線索，但如果使用這裡的資源，就能避開主辦單位的監視調查了。」左牧轉頭對兔子說，「虧你知道哪裡有廢棄的『巢』，不愧是地頭蛇。」

面對左牧的稱讚，兔子很高興地搔了搔頭髮，甚至能夠看見他的身旁冒出好幾朵小花。

左牧沒有理會，而是摸著下巴思考。

「半年前嗎……不是玩家失蹤的時間，這點有些可惜呢。」

兔子歪頭看著左牧，完全看不透他在想些什麼。

接著左牧又轉而問道：「布魯，你雖然說過這些被遺棄的『巢』能夠使用，但這些『巢』最後應該還是會被處理掉吧？」

「是的，玩家離開遊戲後，『巢』會被拆除，每年會有一週的時間，由外來的建築商負責拆除工作。」

「也就是說，拆除『巢』的頻率是一年一次，所以這裡才會被保留下來嗎？」

「是的，順便一提，拆除開始時間是每年的十一月十五日。」

原來如此，所以雇主才會這麼急著找人參加遊戲，就是想搶在『巢』被拆除之前，讓他們有機會調查。

「不過還不能確定這裡之前是屬於哪個玩家呢……」

電腦裡查不到「巢」的所有者，相關資料似乎都被刪除了，只剩下最基本的功能。

上回來到這裡，根本沒時間搜索，於是這次他跟兔子花了點時間，把這棟雙層樓的屋子徹徹底底逛了一遍。

牆壁留下的彈孔、凌亂的擺設，這裡顯然沒發生什麼好事。最值得慶幸的，大概是沒見到乾掉的血跡，又或者已經被處理乾淨——不，不可能，他不認為主辦單位會這麼浪費時間，跑來這座危險的小島清理血跡。

正當左牧打算打道回府的時候，兔子察覺外面有動靜，迅速拔出軍刀往外衝，沒過幾秒，他就和一名頭上綁著白色繃帶的面具型罪犯撞破玻璃窗，雙雙跌進屋內。

「媽啊！」

左牧差點沒被嚇死，還沒搞清楚是什麼情況，就看見黃耀雪匆匆跑進來。

「小牧！快阻止你的搭檔！」

「咦？你怎麼會在這……」

「先阻止再說啦！」黃耀雪緊張地抓著他的手腕，而這幕卻剛好被兔子看在眼裡。

他轉而將軍刀叼在嘴裡，以飛快的速度逼近兩人，直接掐住黃耀雪的脖子，將人高高舉起。

「唔！」

「喂！快給我住手！」左牧總算回過神，立刻向兔子下令。

兔子的眼神像是要將黃耀雪碎屍萬斷，但再怎麼樣，搭檔也不能拒絕玩家的命令，於是他鬆開手指，讓黃耀雪重摔在地。

他的搭檔迅速過來將人帶走，離兔子越遠越好。

兔子的眼神令人渾身發冷，被他盯上的獵物，沒有倖免的可能。

「我不是說過，不准攻擊和我結盟的玩家嗎？」

兔子把嘴裡的軍刀收起來，沮喪地趴在他的肩膀上，像在撒嬌。

左牧可沒打算被他可憐兮兮的態度收買，用手刀狠狠往他後腦勺敲下去。

兔子痛得蹲在地上，抱頭發抖，而左牧則是快步走向黃耀雪。

「沒事吧？」他著急地詢問還在咳嗽、臉色鐵青的黃耀雪，「抱歉，我沒想到他會突然出手。」

黃耀雪苦笑：「小牧，你的搭檔真的有夠厲害，我們才剛到門口就被他發現了。」

沒想到他才剛開口喊左牧，立刻又被兔子惡狠狠地瞪著。

這下左牧終於知道兔子為什麼會突然抓狂了。

「聽力真好啊，這傢伙。」左牧嘆氣，「我說你，不想被兔子追殺的話，最好別再那樣叫我。」

「可是——」

「就算你想跟我親近，我也沒打算和你成為朋友。」

「唔！」

左牧冷漠的態度，讓黃耀雪忍不住緊抿雙唇，握緊拳頭。

「我的命是你救的，我只是想報恩而已。」

「不需要，你只要好好地活下去，取得五把鑰匙離開這個鬼地方就好。」左牧垂下眼，「而且是我害你們被守墓人追殺，嚴格來說，你應該恨我差點害死你才對。」

「如果我這樣做，你會因為愧疚而願意和我當朋友嗎？」

「不會，這是兩回事。」左牧想也沒想立刻拒絕，讓黃耀雪欲哭無淚。

「你這人怎麼這麼固執啊！」

「我們是競爭對手，不是同伴，你不是很清楚嗎？」

「我當然知道，但我也說過只是想要還人情。我不想虧欠任何人。」

「是嗎？那你慢慢努力。」左牧從他身旁邁步離開，「走了，兔子。」

兔子聽見左牧的召喚，趕緊追過去，離開前還不忘瞪了黃耀雪一眼，差點把他嚇到心臟停止。

「嗚哇，那隻兔子真的有夠可怕。」

繃帶面具用無可奈何的表情看著自己的玩家，他根本阻止不了黃耀雪的衝勁。

他把黃耀雪扶起來，拍掉他身上的泥土，順便抬起他的下巴，檢查被留下掌印的脖子，搖了搖頭。

那隻臭兔子，下手還真不客氣。

手機傳來的機械音，開始對黃耀雪說教。

「所以我才要你別跟那個男人扯上關係，你偏偏不聽。」

「但是你不好奇嗎？」

「完全不。」

當時要是沒有左牧阻止，兔子恐怕真的會把黃耀雪的脖子扭斷。

「左牧似乎在找什麼，而且是跟鑰匙無關的事。」

繃帶面具的手頓了一下，抬頭看向黃耀雪。

「你該不會打算幫忙吧？」

「沒錯，這樣才能報答救命之恩啊。」

他興致勃勃的表情，讓他不禁無助地將頭埋入掌心。

啊啊，徹底沒救。這傢伙只要一提起興致，就不會聽勸。

「左牧絕對不會告訴你他在找什麼。」

「不用他說，我只要跟在他屁股後面觀察就好。」

「你難道忘記自己剛才差點被他的面具型罪犯殺死？」

黃耀雪緊抿雙唇，身體不由自主地抖了一下，臉色有些發白。

「我看你最好別跟那個男人扯上關係比較安全。」

「為什麼？你不喜歡他？」

「第六感告訴我，那個叫左牧的玩家，絕對是個麻煩。」

「唉……你的第六感向來很準。」黃耀雪深深嘆氣，相當糾結，「可是他救過我，不還這個人情會害我心裡有疙瘩。」

「那麼下次他有性命危險的時候，你再跳出來幫忙不就好了？沒必要像個跟蹤狂，老跟著他。」

「可是小牧在做的事好像很有趣。」

「所以你根本不是想報恩，只是覺得有趣。」

「嘿嘿……」

「你應該沒忘記身為玩家應該做的事吧？」

「當然沒忘！但是離下次鑰匙爭奪任務還有點時間嘛，我現在很閒！」

「其他玩家都在補充自己的勢力，你怎麼就偏偏不管。」

「我也有啊，我的罪犯人數可是比小牧還多。」

繃帶面具實在忍無可忍，握緊拳頭朝他的頭狠狠扁下去。

這點行為不至於被當成威脅玩家性命，是系統允許範圍內的肢體互動。

「好痛！你居然真的出手打我！」

「拜託你多用點腦袋思考行不行？我可不想被你拖下水。」

黃耀雪嘟起嘴：「我當然也是會用腦袋的人，別把我當笨蛋。」

「我知道，只是你有些執著實在讓我無法認同。」

「別擔心，不會有問題的啦！」相較於繃帶面具的擔憂，黃耀雪倒是自信滿滿，「我答應你，要是狀況不對就會抽身，這樣你就能安心了吧？」

「這話可是你說的。」

「哼哼，當然。我可是守信的男人。」

看著黃耀雪挺起胸膛向自己保證，繃帶面具也只能嘆氣妥協。

當天晚上回到「巢」的左牧，疲倦到倒頭就能立刻睡著，可是盤旋在他腦袋裡的困惑和找不到其他線索的著急感，卻令他無法睡得安穩。

「布魯，廢棄的『巢』能夠住人嗎？」

「理論上，玩家在離開或死亡的同時，所屬『巢』的安全機制會被完全關閉，物品會被留下，但不是安全的藏身處。」

「如果我想要請你調出之前的玩家紀錄，應該不會被允許吧。」

「是，請恕我無法提供。」

左牧當然知道沒那麼簡單，可是在找不到線索的情況下，他能查到的資料有限，更重要的，如果無法找到和失蹤玩家認識的人，就無法知道當時到底是什麼情況。

於是他想了一下，改口問：「那我能換個問題嗎？」

「是，當然可以。」

「我記得遊戲玩家總人數是隨機投入，那在我來之前，總共有多少玩家？」

「遊戲最高紀錄是二十七人。」

「在上次的鑰匙爭奪任務之前，玩家人數是十七人沒錯吧？」

「是。」

「也就是說之前死了十幾個玩家？」

「是。」

左牧摸著下巴思考，看來要找到委託人之前找來調查的其他同行，應該是不可能的事。虧他還想說可以從對方口中拿到情報，但他現在遇到的，基本上都是三個月前就已經在島上的玩家。

這樣一來，他只能從那名失蹤玩家認識的人下手。

「果然還是得去跟其他玩家交換情報嗎？但那些傢伙看起來都不太好惹，而且就算想問，應該也會被懷疑吧。」

左牧長嘆一聲，十分煩惱地盤腿坐在床鋪上。洗完澡的兔子，又習慣性地裸著身體站在他面前，但左牧已經不會像之前那樣大驚小怪了。

他看了一眼兔子的胯間，再慢慢抬起頭。

低垂著頭的兔子，頭髮根本沒擦乾，水珠不斷滴在他的身上。兔子緩緩跪在他面前，靠在他盤起的小腿上，閉起眼睛。

因為戴著面具，根本看不清他現在是什麼表情，左牧只好將掛在自己脖子的毛巾拿起來，用力替他擦乾頭髮。

「我說過很多次，洗完澡要把頭擦乾，別把地板搞得濕答答的！」

他真的覺得自己是在照顧大型犬，這麼想之後，對他的裸體還有親暱的撒嬌態度也就沒有那麼抗拒了。

結果頭還沒擦乾，這傢伙竟然已經在他腿上呼呼大睡起來。

左牧嘆口氣，憑他的力氣根本沒辦法把人搬到床上，於是乾脆把人留在那裡，當然也順手把他的頭髮吹乾，他可不想讓唯一的保鏢重感冒。

「只有一個搭檔，果然有點棘手。」

雖說他剛開始為了調查方便還有自身安全，不想找太多罪犯一起行動。而且他並不是想離開這座島，所以把那些想離開島的罪犯拖下水，會害他有點良心不安。現在想想，必須有個幫手替他應付兔子這顆不定時炸彈才行。

「看來得好好物色一下新搭檔。」

其實他對梟挺有興趣的，但梟對正一相當忠誠，絕對不可能會答應。

只好找找看有沒有其他人選了，不過兔子恐怕不會同意。

不停地思考著，讓他的肚子不自覺發出咕嚕聲。

於是他來到廚房弄點花生醬土司，邊咀嚼邊無聊地看著電影。

電影播到一半，螢幕右下角突然出現訊息通知，有人要求通話。

「左牧先生，有名玩家想與您聯繫。」

左牧第一個想到的就是博廣和，會挑在大半夜騷擾他，而且還特地使用他交給其他人的私人網路，除了這個男人應該沒有第二個人了。

「掛掉，我可不想做惡夢。」

「說這種話未免也太目中無人，既然是用廣和的網路聯繫，就有可能是重要情資，難道你沒有這麼想過？」在他掛掉前，通訊不知道為什麼自動點開，出現的不是博廣和，而是早上見過的那位眼鏡男。

左牧瞇瞇眼，雖說他不認識對方，但看那張臭到極致的表情，估計不是來跟他交朋友的。

「呃，有何貴幹？」

就算真有什麼情報，也會先和博廣和討論才對，怎麼偏偏挑上他這個半把鑰匙都沒有、才剛登島沒多久的玩家？這人腦袋是不是有問題？

眼鏡男推了下鏡框：「明天一整天，我要跟著你。現在只是先來打聲招呼，免得被誤會。我可不想跟姓黃的笨蛋做出同樣的蠢事。」

左牧苦笑。

沒想到這傢伙竟然也是跟蹤他的人之一，他還以為只有黃耀雪有這種興趣，看來這座島上的玩家都有這種給人添麻煩的惡習。

「跟著我是沒什麼關係，但我什麼都不會做喔。」

「無所謂，我只是因為廣和很中意你的關係，有點好奇罷了。」眼鏡男不避諱地說出自己的理由。說實話有點坦白過頭，不過這樣也好，省得猜忌。

前提是眼鏡男沒說謊。

「我看你似乎在調查之前的玩家，有必要的話，我可以幫忙。」

「不，我只是去看看守墓人有沒有留下什麼而已。」

「你確定要對我說謊？」

「怎麼會？誠實是建立信任的捷徑，我沒有說謊的必要。」

「哼，隨便你怎麼解釋。」眼鏡男冷哼，看待左牧的眼神充滿不屑，「關於那間『巢』的玩家的事，我可以告訴你，正好我也對那個事件有些懷疑。」

「那個事件？」

「啊啊。」提起這件事，眼鏡男的眼眸瞬間變得銳利無比，「在你來之前，這座島曾經發生過罪犯集體殺害玩家的事件。」

左牧嚥下一口口水，瞪大雙眸。

真沒想到，線索居然會自己找上門來。

這下就算自己百般不願，也不得不和這傢伙好好相處了。

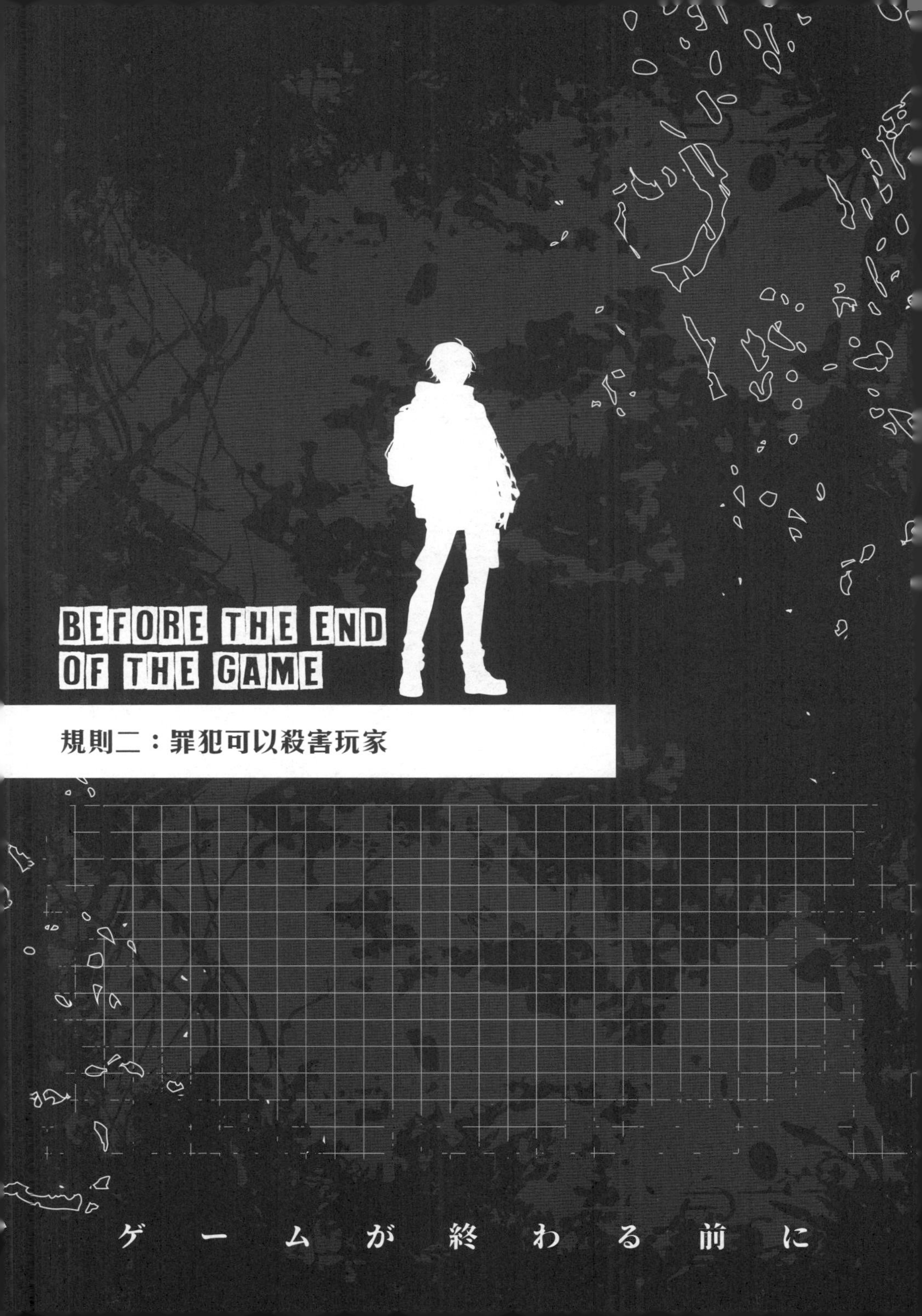

BEFORE THE END OF THE GAME

規則二：罪犯可以殺害玩家

ゲームが終わる前に

隔天早上離開「巢」之前，左牧和眼鏡男約好了會合地點。不知道對方是不是故意的，竟然跟他約在廢棄的「巢」。

不想讓「巢」的位置曝光，不約在自己的「巢」集合很正常，但這座島就這麼大，他不認為眼鏡男真的什麼都不知道。

這座島還有很多處空著的完整建築，但那裡都是禁止進入區域，被主辦單位嚴格管制，所有玩家不得進出。不用想也知道，那應該是給新玩家入住的「巢」。

「照理來說，『巢』並不會被破壞成這樣。」眼鏡男一邊說一邊和左牧往裡面走。

昨天，左牧要求他只能攜帶一名搭檔來跟他見面，沒想到眼鏡男竟然真的照辦。而且兔子對他並沒有太多敵意，和平常差不多，也就是說周圍並沒有其他罪犯暗中埋伏。

眼鏡男表現出他的誠意，是想取得他的信任還是故意測試他？

左牧的腦海裡盤旋著這個問題，並試著開口和他交談。

「原本住在這裡的玩家，是不是超過安全時限後才被其他玩家攻破的？」

他能想到的只有這個可能性，而且這也是博廣和之前打算對他做的事。

眼鏡男回答：「正常來說是這樣沒錯，但有些比較偏激的玩家，會反過來利用這點。以前主辦單位有一條規定，在新手登陸島上的一個月內不得將其殺害，只是後來把這個規定取消了。」

「取消？為什麼？」

「我也不知道，雖然沒有明文規定，但只要是這座島上的玩家，都會很有默契地對菜鳥網開一面，只有少數人才會做這種沒道德的事。」

左牧雖然不知道眼鏡男是不是藉機酸博廣和，不過他的這番話卻已經讓他改觀。

「你知道這個遊戲已經十年沒有出現成功通關的玩家了吧？」眼鏡男忽然轉頭，與他四目相交。

左牧點頭：「知道，關於這點我也覺得奇怪。」

「這種很明顯會讓人起疑的事，就算真的發生，也沒有被主辦單位或其他下注參與的投資者懷疑，這才是最奇怪的點。」

「不錯嘛，眼鏡，你和我的想法滿貼近的。」左牧勾起嘴角，和眼鏡男交談意外舒爽，而且他所握有的情報和懷疑的問題，也都和他差不多。

也就是說，眼鏡男找他的真正目的，很可能跟他的委託有關連，加上他提過的「罪犯集體殺害玩家」事件，也讓他很感興趣。

「別隨便給別人取綽號。」眼鏡男一臉不爽地用手指輕推鏡架，皺眉瞪他，「我有名有姓，叫姬久峰。」

「原來是個公主殿下，失禮失禮。」

左牧勾起嘴角，看見眼鏡男的太陽穴冒出青筋，笑得更開心了。

「你的個性真令人厭惡。」

「彼此彼此。」

正因為覺得雙方都是同類人，左牧才能夠如此輕鬆。

但他也十分確定，自己絕對不可能跟這個人成為朋友。

「你昨天提到的『罪犯集體殺害玩家事件』，跟這個地方有關？」

姬久峰輕推眼鏡：「這裡是受害者之一的『巢』，當時很多玩家都遇到同樣的狀況，就是島上其他罪犯計畫性地大肆虐殺玩家。」

遊戲規則並沒有限制罪犯殺死玩家，但玩家是罪犯逃離這座島、重新獲得自由的唯一出路，對他們來說，玩家應該是相當稀有珍貴的才對。

搶都來不及了，怎麼可能會殺死？

「不是其他玩家從屬的罪犯做的？」

「大多數都是無主罪犯，只有少數幾個是有搭檔的。他們知道搭檔不能殺害自己的玩家，於是就交換目標，去殺其他有搭檔的玩家，而且故意不保護自己的玩家。」

左牧想起委託人告訴他，那名失蹤玩家是被自己的搭檔背叛這件事，看來那個人也是被捲入這起事件的受害者之一。

終於讓他取得一個比較有用的線索，看來針對這件事繼續調查下去，或許就能順利找到那個人的下落，或是死亡的證據。

雖說他的委託人堅信失蹤玩家還活著，但他倒是覺得凶多吉少。要在沒有任何保護的情況下在這座島上獨自求生，簡直比登天還難。而且前提還要是那個人的身體狀況完全沒問題。

在看到這座廢棄的「巢」後，他不認為從罪犯手裡逃脫的玩家還能完好無缺。

「這件事大概發生在半年前，現在這座島上的玩家大部分都是當時的倖存者。」

「你們是怎麼逃過那次事件的？從我的角度聽起來，滿像大逃殺的。」

「很簡單，因為我們的搭檔對玩家絕對忠誠，不會背叛。」自信滿滿，挺著胸膛，態度高傲地說出這句話的姬久峰，看起來相當高興。

而他身後的面具型罪犯則是扶額搖頭，似乎不太認同。

「我只是沒笨到把有可能取得五把鑰匙、讓我離開這鬼地方的傢伙害死。」姬久峰身後的男人說道。

第一次聽見他說話的聲音，左牧有些訝異。他還以為這個面具型罪犯不會說話，既然他能開口，就表示姬久峰握有三把鑰匙。

話說回來，這個男人說話的聲音相當好聽，感覺很有氣質，讓人想像不出他是一名罪犯，和背後冒出惡魔尾巴、頭長著惡魔角的姬久峰完全相反。

「其他人也是這樣想的。」面具型罪犯繼續說，「畢竟我們的主要目的是離開這個鬼地方，而且就算反過來把玩家全部殺死，我們也逃不出去，何必白費力氣。」

「這件事，主辦單位沒有插手嗎？」左牧有些好奇，在這種混亂的情況下，主辦單位難道不會阻止？

「主辦單位連高興都來不及了，而且這場遊戲本來就是賭局，只要他們下注的玩家沒死就行，其他人的生死都是娛樂表演，這才是他們想要的效果。」姬久峰蹲下來，撿起散落在地上的彈殼，仔細查看，「能夠替代的玩家要多少有多少，他們才不想管也不在乎。」

「簡單來說，來到這座島的，不管是玩家還是罪犯，全都是死了也沒關係的社會敗類？」左牧自己親口說出來，臉上還帶著笑容。

如此直接了當地說出口，著實讓姬久峰嚇了一大跳，而且看他的反應，似乎覺得無所謂，甚至樂於接受這樣的批評？

為了緩和氣氛，姬久峰開口道：「不過也是有人抱持著來玩的心情。」

「你可別跟我說是博廣和。」

「除他之外沒有別人會有這種無聊的想法吧。」

不愧是變態，連參加遊戲的理由都很變態。

「這個『巢』的武器庫應該還在吧？去看看？」

左牧雖然不知道他想找什麼，但還是乖乖跟著。

就算想去搜刮可以使用的武器，估計也早就已經被搶光了才對。

果然，當他們來到武器庫的時候，發現那裡不但被炸出一個大洞，而且架上的所有槍械都被掃得一乾二淨，連顆手榴彈都沒留下，不過軍刀這種近戰武器倒是還剩一些。

兔子不知道看到什麼，眼睛一亮，急忙衝過去，興致勃勃地挑選起來。

左牧忍不住想，這傢伙還真愛用刀啊。

說要來這裡的姬久峰只是簡單環伺周圍，接著就來到螢幕面前，像是在找什麼一樣快速翻閱資料。

「果然沒有……」

「什麼？」

「剛才我在樓上撿到的彈殼，是SVD[1]專用的，但據我所知，只有持有四

1　德拉古諾夫狙擊步槍（Snayperskaya Vintovka Dragunova）：由蘇聯在一九八五年至一九六三年設計的半自動狙擊步槍，也是現代第一把為長距離火力支援專門製造的狙擊步槍。

把鑰匙的玩家才能申請。」姬久峰瞇起眼睛，「而且在這麼多手槍彈殼裡只有一發，太奇怪了。」

「是從屋內狙擊嗎？」

「有可能，但是只有一發很怪，而且刻意砸破周圍窗戶這點讓人不得不懷疑，對方究竟是想掩飾還是混淆視聽。」

「不管怎麼說，在這種槍林彈雨之下，沒有任何人能夠活得下來吧？」

「當時擁有四把鑰匙的玩家全都陣亡，我們根本無法查證。」

「他們被殺之後，槍不就會被人拿走？」

「分發給玩家的ＳＶＤ專用子彈數量很少，就算拿走槍，沒子彈能用的話也只是破銅爛鐵罷了。」

ＳＶＤ的專用子彈不能和ＡＫ或其他武器共用，所以左牧十分認同姬久峰的判斷。

「原來有四把鑰匙還能開啟隱藏武器選單？真是越來越像遊戲了。」

「對主辦單位來說這就是遊戲，只不過參與者是活人而已。」

「真是群惡趣味的有錢人，眼鏡，你知道的事情比我想像中還多啊。」

連四把鑰匙的特殊待遇都知道，看來他不能小看姬久峰的情報網。

「但是，這裡真的死過人嗎？」左牧忍不住思考著這個問題。

依照現場留下的痕跡，對方看起來只是受傷而已，活著逃出去也是有可能。

如果是這樣的話，究竟是什麼樣的仇恨，非得要用掃射的方式將人逼到死路？

除此之外，左牧也對罪犯突然反撲這件事感到困惑：「有這麼多可以順利破關的玩家人選，罪犯卻開始殺害玩家，這有點不合理。」

「我也有同樣的想法，但終究還是沒機會了解情況。」

「我可以問問最後是怎麼結束的嗎？」

「主辦單位恢復系統後，派遣雇傭兵介入阻止，把罪犯控制住，不過最後解決這件事的，卻是存活下來的玩家。」姬久峰邊說邊嘆氣，「主辦單位只是亡羊補牢，根本沒什麼屁用。」

「呵，就像恐怖片定律，警察總是事情結束後才姍姍來遲，要不然就是從最開始就領便當下場。」

姬久峰沒理會他，似乎認為他的比喻很無趣，轉身走出武器庫。

左牧聳肩，毫無怨言地跟著他，還不忘回頭提醒兔子：「兔子，別再看刀了，快點過來。」

兔子一轉身，懷裡抱著各式各樣的軍刀，左牧差點沒昏倒。

他當是跳樓大拍賣嗎？居然貪心到每個都想帶走！

「你真的是——」

話還沒說完，兔子突然從呆傻的模樣轉換成戰鬥模式，警覺地挺直背脊。

下一秒，從姬久峰離開的地方傳來一聲沉重的槍響。

左牧差點心臟驟停，他猛然轉身，正好看見姬久峰被自己的搭檔拉回房裡的錯愕模樣。

「快壓低身體！」姬久峰冷汗直冒，有種逃過一劫的緊張感，還不忘揮手示意左牧。

左牧趕緊蹲低，靠在牆壁邊，而兔子也立刻黏了過來。

垂掛在面具上的兩條帶子就像真的耳朵，正仔細聆聽著周圍的情況。

「眼鏡，發生什麼事？」

「屋外有人狙擊我們，雖然不知道是誰，但被打到可不是開玩笑的。」

「那是ＳＶＤ。」姬久峰的搭檔非常冷靜地說道，「我不會認錯。」

兔子也跟著點頭，認同這個猜測。

姬久峰和左牧對看一眼，心裡冒出同樣的想法。

看來有人不希望這件事被人重新調查，又或者想把知道這件事的人全部解決掉。不管是什麼原因，他們倆現在真的遇上大麻煩了。

不管攻擊他們的人是出於什麼目的，但應該不可能一直跟蹤他們，所以百分之九十是原本就待在這附近的人，暗中監視不讓人接近這個廢棄的「巢」。

但誰會如此在乎這個毫不起眼、早就被廢棄、根本不會有人靠近的「巢」？

「使用ＳＶＤ，所以是持有四把鑰匙的玩家手下的罪犯嗎？」

「可能性很高，上回和那傢伙打的時候，他手裡就有不少，我們會毫無防備被打得落花流水，也是因為沒想到他會有這麼多把ＳＶＤ。」

「你不是說過子彈是有限的？」

「嗯，但對方零失誤的射擊，很好地將狙擊手的作用完美發揮出來。」姬久峰瞇起眼睛，「而且除了ＳＶＤ之外，他還有其他特殊武器……這也是我好奇的一點。特殊武器的取得是有數量跟次數限制的，以他擁有四把鑰匙的時間來說，頂多只能申請一種，但他卻有兩種。」

「也就是說，他搜刮了廢棄『巢』內的武器？」

「除了這個解釋之外沒其他可能。」

左牧皺起眉頭：「是個很棘手的傢伙啊……可是你說對方的狙擊手百發百中？那麼剛才那槍應該早就把你爆頭了才對。」

姬久峰點點頭：「所以我猜測，外面的應該不是那個人。」

「我記得你們都只提到一名持有四把鑰匙的玩家，所以是另外一個？」

「那個人沒在上次的鑰匙爭奪任務中現身，我也不知道他跑去哪了。」

「該不會他們兩個人聯手，所以才會有兩種不同的武器？」

這回姬久峰沒有回答，而是面色凝重地摸著下巴思考。

「先想辦法離開這裡再討論吧。」左牧看出他不是很想提這件事，於是好心轉移話題。

兩人壓低身體，沿著牆壁慢慢往前進，但除非牆壁可以整塊割下來讓他們帶著走，否則根本沒辦法從這棟屋子離開。

「你有沒有能讓我們活著離開的辦法？」他向姬久峰尋求意見，卻發現原本跟在他身旁的面具型罪犯早已消失不見。

這時他才恍然大悟，看著姬久峰自信滿滿地推眼鏡對自己說道：「我的人早就已經開始行動了，你居然現在才注意到。」

「還真是迅速。」

左牧原本想回頭叫兔子跟去看看，沒想到兔子居然也不見蹤影。

他完全沒注意到兔子離開，而且在這種情況下，照道理來說兔子應該會緊黏著他不放才對，怎麼會——

「看來你的搭檔反應比你還快，並做出跟我一樣的判斷。」

「一樣的判斷？」

「我們在這當誘餌，而戰鬥力強的面具型罪犯負責找出敵人位置，把攻擊我們的人找出來。」

左牧瞬間垮下臉來，他才不想當什麼誘餌！

但又不得不承認，這個點子確實比較妥當。

「所以接下來我們只要設法引誘對方開槍，然後不要被擊中就好了？」

姬久峰笑嘻嘻道：「很簡單吧。」

左牧真想把他的笑臉狠狠暴打一頓。

SVD的子彈可不是用防彈衣就能檔得住的啊！

他左思右想，最後只能死馬當活馬醫：「那傢伙的槍口絕對還瞄準著我們這邊，只要讓他開一槍就好了，對吧？」

「對。」姬久峰回答，看左牧的表情，就知道他已經想到主意了。

左牧嘆口氣，指著旁邊的房間說：「跟我來。」

姬久峰雖然不知道他想幹嘛，但還是乖乖跟著他。

沒過多久，兩人便各自蹲好位置，用眼神彼此示意。

左牧深吸口氣，鼓起勇氣迅速起身，奔向大門口。就在他快要成功跑出去的前一秒，子彈準確無誤地擊中了他的腦袋——但鮮紅色的血液卻沒有噴灑而出，取而代之的，是成蜘蛛網狀龜裂的玻璃。

扣下扳機的罪犯嚇了一跳，還沒搞清楚是怎麼回事，狙擊鏡就已經被黑影覆蓋，什麼也看不見。

他這才驚覺身旁有人，但已經太遲了。

兔子將對方的頭用力按壓在地上，而另外一名面具型罪犯則是把ＳＶＤ一把奪走，不讓他有機會碰到。

就在他打算留下活口，好問出有用情報的時候，卻發現兔子已經把刀口架在對方的後頸上，刀刃已經觸上皮膚。

「等……住手！」

面具型罪犯急忙伸手阻止，但兔子的速度卻比他想得還要快。兔子迅速地向後閃過，不讓對方碰到自己一根手指，但也被成功阻止繼續對狙擊手出手。

兔子瞇起眼睛，像是在質問他為何干擾自己。雖然沒有對他釋放殺意，卻充斥著滿滿的不快。

「留下他的命，才有辦法調查他對我們的玩家出手的理由，如果你也希望自己的玩家安然無恙，就別殺死他。」

兔子愣了下，恍然大悟地眨眨眼睛，收起軍刀，頭也不回地往建築物的方向跑去，看他靈活跳躍的姿態，與其說是兔子，不如說像一隻野獸。

面具型罪犯將狙擊手扛在肩上，另一手拿著ＳＶＤ，迅速跟在他身後。

兩人回到「巢」後，發現左牧和姬久峰已經在等候他們，而姬久峰腳邊還有一面破碎的鏡子。

面具型罪犯很快就恍然大悟，而兔子則是把左牧當成娃娃，從背後緊緊抱住他，不准任何人靠近。

「這主意絕對不是你出的吧，姬。」

「當然不是。」姬久峰勾起嘴角，「我挺佩服這傢伙的勇氣。」

利用鏡子反射出的身影讓狙擊手誤以為那是實體，進而扣下扳機，這個點子確實很好，但成功機率著實不高。

這次只能說是運氣好，這個狙擊手的智商似乎沒那麼高。

「我知道這個主意很糟，可手邊能用的東西有限。」好不容易擺脫兔子的糾纏，左牧走了過來，看著那名昏過去的狙擊手，歪頭問道：「不是面具型罪犯，真讓我意外。」

「其實也有不少實力強勁的普通罪犯，畢竟罪犯之間的等級並不是靠實力來區分，而是他們犯下的罪行。」

「原來如此。」左牧想起了梟，他同樣也是沒有戴面具的罪犯，但身手卻十分矯健，這讓他開始考慮是不是應該招募這些沒有面具的罪犯。

「我先把人帶回去盤問，至少要先確定他對我們開槍的原因是什麼。」姬久峰確認過男人的項圈是亮著的，表示他目前屬於其他玩家，於是做出這個決斷。

畢竟他們現在被人盯上，不謹慎點不行。

「你應該不會把他帶回自己的『巢』，那麼，你要把他帶去哪裡？」

左牧知道姬久峰沒那麼傻，肯定會帶他去其他地方盤問。

姬久峰沒打算隱瞞，坦白告訴他：「我有個基地。」

「既然你說今天打算跟著我一整天，那麼帶我去基地作客也沒問題吧？」

「早猜到你會提出這種要求，想來的話就過來，我不會攔你。」

姬久峰轉身和自己的搭檔走了出去，左牧也心情愉悅地跟在後面。

他很想看看姬久峰所謂的「基地」會是什麼樣的地方。

想像和現實多少有些落差，這次也不例外。

這座島上除了「巢」之外，還有其他建築物，包括最初用來實驗的大樓、廢棄的「巢」和許多無人使用的廢墟。

安全性先不說，就連裡面有沒有主辦單位隱藏的陷阱也無法確定，這些建築物對他們來說就像樂透號碼一樣難以預測。

但是，如果能有「巢」之外的建築物可以使用，對玩家而言確實是不錯的幫助。

畢竟誰都不能確定未來會發生什麼事，事先準備好備案才是明智的做法，就像玩家不會只和一名罪犯合作是同樣的道理。

一路上見到的都是破爛廢棄的建築，左牧原本以為姬久峰的基地應該也差不多，沒想到結果卻出乎他意料之外。

姬久峰的「基地」是一個由拒馬與石頭堆砌而成的牆壁圍起來的圓形區域。範圍不大，但安全性比其他廢棄建築高了不少。

門口有兩名罪犯持槍守衛，確認是姬久峰之後便讓他們進入。

幾間木屋沿著圍牆排列成圓形，中間則有帳篷以及零星的攤販，姬久峰帶著他們前往最角落的木屋。這間木屋與眾不同的地方，是它與其他建築間隔著微妙的距離，也只有它有罪犯看守。

左牧不得不佩服姬久峰的管理手腕，在這裡的人就像是居住在迷你城市一樣，相安無事地生存著。

有食物也有休息的地方，但基地的位置卻讓左牧有些困惑。

「他們……住在這裡？」

「嗯，這些都是我的人，不用擔心。」

「我之前就想問了，非遊戲時間不是會釋放毒氣嗎？面具型罪犯就算了，其他罪犯該怎麼辦？」

「他們跟我們一樣有可以躲藏的地方，只要乖乖照主辦單位的話去做，就不會被毒死。」姬久峰推開木屋的門，側身讓他進去。

左牧看見他的面具型罪犯已經把人牢牢綁在椅子上，雙手反剪在背後，準備開始拷問，忍不住嚥下一口口水。

他還沒親眼見過這種場面，不過，他認為這傢伙知道的情報應該會對自己的目的有所幫助。

「這個基地晚上同樣具有防止毒氣入侵的功能，只要待在牆內就不會有事。這也是擁有鑰匙的玩家所能使用的特權之一，之後你如果取得鑰匙，也能擁有自己的基地。」

「什麼地方都可以？」

「主辦單位並沒有特別限制。」

左牧在心裡默默記住他的這句話。

直到現在他才真正體會到，持有鑰匙和沒持有鑰匙的差別有多大。

「話雖如此，但玩家必須回到『巢』，所以如果超過時間我還沒回去，這個基地的防護就會失效，所有人都必須陪葬。」

「這種設定也只有變態的主辦單位才想得出來。」

「滿足那些傢伙就是我們玩家的工作。」姬久峰向旁邊的罪犯下達指示，接著一名壯碩的罪犯走出來，擰著拳頭，露出壞笑，走向被綁在椅子上的人。

「但我不在乎那些人，也不在乎這場遊戲，我的目標只有一個——」他瞇起眼睛，沒有把話說完。

他的手指輕輕勾動，一桶水便潑在被反綁的男人身上，他被水嗆得難受，猛然驚醒的同時，壯碩罪犯的拳頭也已經揮了過來。

厚重的打擊聲迴盪在屋內，伴隨著痛苦的悶聲、嘔吐般的咳嗽，以及噴出的鮮血。

左牧皺起眉頭，有點不舒服，但他也沒忘記他們剛才差點被這名罪犯殺害。

「停手。」姬久峰一聲令下，壯碩的罪犯才停止攻擊，往旁邊退開。

他黑著臉走上前，看著張嘴不斷喘息、滿身是鮮血的男人，問道：「為什麼要攻擊我們？是誰派你來的？」

男人稍微喘息一陣子，才慢慢抬起頭。

他的眼神依舊充滿堅定的意志，姬久峰知道他還沒妥協。

「看來是我太溫柔了。」

姬久峰迅速拔出軍刀，狠狠插在男人的左大腿上。

「啊——」男人大聲慘叫，眼睜睜看著刀刃慢慢往下，越插越深。

姬久峰只要稍微扭動刀柄，就能聽見他大口喘息的悲慘聲音。

在場沒有人出手阻止姬久峰，包括左牧在內。但他不經意和那個男人對上視線，他眼眸中的情緒令左牧十分驚訝，那不是絕望或被威脅後產生的恐懼，而是有著堅定意念的「沉默」。

於是左牧上前，把姬久峰的手抓住，制止他的動作。

姬久峰不爽地瞪向他：「你做什麼？」

「不管你花多少力氣，他都不會理你的。就算你把他四肢都砍掉，也不見得能問出什麼情報，這應該不是你想要的結果吧？」

「你的意思是，就這樣跟他耗著？」

「我當然沒有這樣想，但虐待他也沒有好處，更不用說他還是個不錯的人才，你不也是這樣想，才把他帶回這裡嗎？」

左牧的反問，讓姬久峰說不出話來。

「那你要怎麼做？」

「溝通。」

「……你認真的？」

「嗯。」左牧點點頭，轉身對男人說：「只要你回答我的問題，我就保證你能活著離開這個地方，也不會繼續追殺你，如何？」

男人喘息一陣之後，用沙啞的聲音回答：「聽起來比那傢伙的方法好一點。」

他大腿上的軍刀仍插在那，傷口雖然沒有大量流血，但不處理的話，也會導致失血死亡。

於是左牧蹲下來，抬頭看著他。

「你為什麼要狙擊我們？」

他到過那座「巢」三次，但只有這次被攻擊，他想確認理由。

男人抬起眼眸，厚重的黑色眼袋和布滿血絲眼珠就像很久沒有睡覺一樣。

左牧猜測，也許是因為這個原因，所以他的狙擊才沒有擊中目標。

「那個地方是我的藏身處，我回來後發現有人，理所當然選擇排除。」

「嗯，聽起來很有道理。」左牧雙手環胸，點頭認同。

兔子歪頭看著男人好一會兒，忽然走過去，將插在男人大腿上的軍刀拔了出來。

大量鮮血流出的同時，男人也痛苦地嘶吼著，但這份痛楚似乎讓他的腦袋清楚不少。

左牧嚇了一跳，急忙把掛在旁邊的布拿過來，當作止血繃帶替他綁住傷口，並著急地責備兔子：「兔子，你給我坐下！」

兔子無視左牧的命令，甚至還把軍刀擲向姫久峰，要不是他的面具型罪犯閃身接住軍刀，他的腦袋就不保了。

「左牧！你就不能管管那混帳嗎！」

左牧也沒想到兔子竟然不理會他的命令，忍不住愣了一下，直到他的手腕被兔子抓住。

「唔！你……」他猛然抬起頭，對上兔子漂亮的眼睛，原本想說出口的責罵，全都卡在喉嚨。

因為兔子的眼神很哀傷，不是以往那種殺紅眼的可怕氣氛。

身後的哀號聲讓他回過神，立刻把兔子的手甩開。

「回去我再好好處理你。」指著他的鼻子撂下狠話後，左牧轉身跪下，檢查男人的傷口。

他看見旁邊櫃子上的蠟燭，便迅速走過去，將熱滾滾的蠟油滴在他的傷口上。

男人咬緊牙根，直到他把傷口全部堵住為止。

「這只能暫時止血，要是不處理的話，他會死的。」

「那也是你搭檔的問題。」姬久峰鎖著眉頭，「天曉得他到底在幹嘛。」

左牧實在不懂兔子為什麼會忽然不聽他的命令，是覺得這個男人會對他產生威脅？

可是在這種情況下，再厲害的罪犯也沒有那種能耐。

「呵……看來你的搭檔很討厭我……」男人用有氣無力的聲音，小聲對左牧說。

「我不會讓你死的，所以告訴我——」左牧壓低雙眸，趁著與男人距離極近，用姬久峰聽不見的音量問道：「擁有那座『巢』的玩家的名字是什麼？」

男人抬眼看他，似乎帶著遲疑。

「你問這個做什麼？」

玩家不會在乎這種事，因為對取得鑰匙沒有任何幫助。

會問這個問題的玩家，他從沒遇過。

「你會保護那個地方，是因為你對那裡有著相當的感情與責任，而且你攻擊的原因，是因為我們發現了ＳＶＤ的彈殼。」

男人睜大眼睛，冷汗悄悄從臉頰滑落。

「你……很聰明。」

「只是簡單的觀察和推測而已。」他輕拍男人的肩膀，「我再問一次，你願意回答我的問題嗎？」

「你這麼聰明，卻沒有發現自己的面具型罪犯剛才出手的理由？」

左牧雖然可以輕鬆判斷出這個男人行動的理由，卻永遠搞不懂兔子的想法。

「你用不著擔心這個問題。」

男人勾起嘴角，發出難聽刺耳的低淺笑聲：「我不知道那個人的名字，但他是因為半年前的事件而死亡的玩家之一。」

這正是他想聽到的回答，看來這男人還有點用處，而且他還很微妙地故意沒提到名字。

「呵，我開始對你感興趣了。」左牧笑嘻嘻地說，「抱歉眼鏡，能把這傢伙讓給我嗎？」

姬久峰聽見他說的話，又想到這男人會使用ＳＶＤ的事，實在很不想把人讓給他。

畢竟會使用ＳＶＤ的罪犯相當少，更不用說還需要精準的射擊技術。

可是就算他想，男人估計也不會答應當他的手下。

「唉，原本我還想折磨他，再順便把人搶來自己用的說。」

「暴力只會遭人怨恨，不會讓人真心服從於你。」

「在這座滿是罪犯、背離法律的島上，暴力才是解決問題的第一手段。而且，尋找有資質的罪犯作為自己的棋子，也非常重要。」

左牧認同他這句話，只不過他不想這樣做，他不想讓自己被島上的生活還有殺戮遊戲影響。

「不用擔心，我還不至於做出會害死自己的決定。」

「要是你真這麼想，就不會說要把這男人帶走了。萬一他的搭檔是持有四把鑰匙的玩家或跟他同盟的傢伙，你要怎麼辦？」

「有兔子在，就算他想對我出手也辦不到。」

姬久峰摸摸下巴，確實如左牧所說，兔子在場的話，根本不用擔心。

雖然不太願意把線索交給左牧，但他最終仍點頭答應了他的要求。

「反正他也活不了多久，你要的話就拿去吧。」

這是左牧扶著男人離開姬久峰的基地前，聽到的最後一句話。

BEFORE THE END OF THE GAME

規則三：一般罪犯可以任意更換搭檔

ゲームが終わる前に

他暫時不能將男人帶回自己的「巢」，於是便把人帶回那棟兩層樓的廢棄「巢」。

回到這裡之後，男人露出安心的表情，可是他的傷口卻沒有好轉。

左牧雖然不是專業醫生，但這樣的刀傷他多少還能處理，慶幸的是血順利止住了，接下來他只要把傷口縫起來就好。

這棟房子雖然已經破破爛爛，不過他需要的東西還算好找，只能說他運氣真不錯。

不過，他這輩子還沒處理過這麼血淋淋的傷口，真要動手反而有點困難。

兔子看見左牧困擾的模樣，便主動把手術針線拿走，開始替男人縫合傷口。

左牧有些意外，他原本以為兔子想殺他。

「你真是讓人搞不懂……」

兔子認真將傷口縫好後，男人也因為體力透支昏睡過去。

左牧看他臉色不太好，摸了下才發現，他在發燒。

「唉，我真是自找麻煩。」

雖說在姬久峰面前說得自信滿滿，但實際上他也知道這個決定風險有多高。

可是，這個人搞不好有這座「巢」的情報，他實在不願意把他留給姬久峰。

天知道那個鏡片底下的變態腦袋打算怎麼對付他。

這裡稍微清理後還算能夠睡人，他讓兔子把人搬到二樓房間，讓男人在裡面稍微休息，這樣也比較好照顧。

看了看手表顯示的時間，大概還能待個半天，夜禁前他得找個安全的地方把人轉移才行。

萬一男人因此死掉，他好不容易找到的線索也就沒了。

「我還以為姬久峰不會把人給我的說，他那麼果斷，反而讓人起疑。」

左牧原本是對兔子碎念，沒想到他卻不知道跑去哪，完全不見蹤影。

他愣了下，四處搜尋，好不容易才在其中一個房間裡發現他。

「兔子你搞什麼，不要突然消失不見啊。」

兔子嚇了一大跳，僵硬地轉過身來。而他的手裡，不知道什麼時候多了個平板。

平板沒有毀損，看起來完好無缺，這倒是讓左牧有些意外。

兔子急忙起身，把平板轉正給他看，比起平板上的文字，更讓左牧驚訝的，是這臺平板居然還能使用。

「你還真是找到了不錯的東西。」

左牧高興地稱讚兔子，卻看見他慌慌張張地指著平板上的文字要自己看，這時他才發現兔子只是想找能夠跟他溝通的道具。

「對不起。」

簡單的三個字，重複打了好幾行，可以證明兔子對剛才的事耿耿於懷。

左牧嘆口氣，雙手環胸：「所以到底是怎麼回事？」

「刀有毒。」

「……什麼？」左牧頓時一愣。

所以兔子才把刀拔出來，還故意扔向姬久峰嗎？

他原本不相信，但想起離開前姬久峰對他說的話，還有把人送給他這幾件事，就可以做出合理判斷。

他真不該把姬久峰當成好人。

「嘖，看來他發燒的原因不單純是因為失血過多，抵抗力下降。得想個辦法確定是什麼毒，盡快處理才行。」

左牧記得ＡＩ可以對人體進行檢測，於是要求布魯：「布魯，你能幫我找出那個人體內是什麼毒嗎？」

「很抱歉，因為系統限制，只能替玩家以及該玩家所屬的罪犯進行檢測與治療。」

「也就是說，想救那人個的話，就得讓他先成為我的人，是嗎？」

「依照規定，是的。」

左牧苦惱的模樣看在兔子眼裡，他有些擔心地靠過去，將平板放在他的視線範圍內。

「救他。」

簡單的兩個字，讓左牧瞪大眼睛。

他差點忘記，兔子雖然個性古怪、殺人不手軟，有時候卻有著像草食動物般善良的心。

若他真的對這男人有敵意，就不會特地替他拔出毒刀。

但是——

「就算我想幫也無能為力。」玩家無法強行奪走其他玩家的罪犯搭檔，這是規定。

兔子垂頭喪氣的模樣，讓他無奈嘆氣，只能轉而想想其他辦法。

他和兔子回到房間，垂眼看著臉色發白、全身被汗水浸濕的男人，手裡拿著剛從武器庫找到的簡易急救箱。

他拿紗布沾了點男人的血液後，讓布魯分析，這也算偷偷鑽了規則的漏洞。靠近傷口採集的血液，比較容易測出是什麼毒，只要知道種類的話，就算布魯無法直接替男人治療，他也可以手動替他注射解毒劑。

如果是在自己的「巢」就好了，這樣至少能給他注射葡萄糖，讓他稍微舒服一些。

「分析結束，左牧先生。是神經性毒素，『巢』內有血清可以中和。」

「我的『巢』也有？」

「是的。」

照理來說，他們所在的這棟廢棄「巢」應該也有，可是左牧不認為這麼重要的物資還會留在這裡，而且也不敢確定血清有沒有被人動手腳，最安全的方法還是回到自己的「巢」。

「兔子，你背得動他嗎？」

兔子點點頭。

「原本不想帶他回去的，但人命關天，而且我還有想問他的事。」

兔子拿著平板問：「線索？」

「嗯，我需要他擁有的線索。」

「好。」

這裡距離他的「巢」有點遠，但依照兔子的腳程，應該很快就可以到達。

正當左牧盤算著要先讓兔子把人背過去，再回來帶他的時候，沒想到兔子已經把床單拉起來當成繩子，把男人當成嬰兒綁在背後。

直到被他橫抱起來，左牧才回過神，連一句話都還來不及說，就這樣被抱著衝上樹頂。

「媽啊啊啊啊——你又給我來這套！」

在兔子的「努力」之下，他們花不到十分鐘就回到了左牧的「巢」。

他看著被兔子放在沙發上的男人，即使是處於昏迷狀態，也可以從他緊皺的眉頭看出他被兔子晃得不輕。

他敢保證，男人現在蒼白的臉色絕對不是因為中毒，而是快被兔子弄死了。

而兔子竟然還驕傲地挺起胸膛，想讓左牧誇獎自己。

左牧冷冷地看著他，對手表說：「血清在哪？」

「主臥室有專門安置藥品的空間，我已經解鎖了，您只要過去就可以看到。」

左牧照著布魯的指示來到臥室，果然看到床旁邊的櫃子閃爍著燈光。

他走過去按下按鈕，白色的煙霧吹出，接著抽屜推開露出幾瓶玻璃罐，上面寫著標籤和簡單的說明，想找到血清並不是很困難。

只不過，除了神經毒素之外，還有噬血、精神混亂、幻覺等等藥品的解毒劑，讓左牧越看越不安。

「布魯，為什麼需要這麼多種解藥和血清？」

「主辦單位崇尚愛護自然，因此島上的所有野生動物都保留著，雖說會有玩家被攻擊，但只要及時使用血清就沒問題。另外『巢』也有醫療措施，就算骨折或內出血，也可以進行治療。」

他不想知道這麼可怕的事啊。

「也就是說，玩家如果生病或受傷，主辦單位會負責醫治？」

「只要心臟沒有停止跳動，主辦單位就有替玩家醫療的義務，不過只會提供藥物和必要的手術，而且在這段期間，『巢』的規定與遊戲規則並不會給予特例。」

若是受傷的話，就算能得到妥善治療，但也只是拖延時間。

小傷就算了，如果是重傷，拖著那樣的身體離開安全區，也不過是白白送死。與其這樣，倒不如受傷的時候就乾脆一點死掉嗎?呵，說是會給予義務性治療，但治不治療對主辦單位來說根本沒差。

「真是惡劣。」左牧碎碎念著將血清拿回一樓客廳，緩緩注射進男人的手臂。接著他又給男人吃了消炎和退燒藥，幸好他還能吞嚥，否則他真得嘴對嘴餵食。

在布魯的協助下，他好不容易將針頭固定在男人的手臂上，替他注射葡萄糖。看著男人滿手被針孔戳過的痕跡，害他有點心虛。

終於折騰完，左牧已經累得趴在主臥室的床上，動也不想動。

他看了一眼時間，大概還有二十分鐘左右，「巢」的安全區就會解除，雖說會失去保護機制，但待在這裡應該還是比外面安全許多。

兔子看到左牧躺在床上動也不動，緊張地抓著他拚命搖晃，害他差點反胃地吐出來。

「兔子！給老子坐下！」

第二次被訓斥的兔子，乖乖跪坐在地上。

他天不怕地不怕，最怕左牧說不要他。水汪汪的眼睛像是怕被遺棄的寵物，讓左牧忍不住扶額，根本說不出責備的話。

「二十分鐘後這裡就會失去安全保護，但我們還得待在這裡，到時候你要負責我跟那傢伙的安全。」

雖然他預估現在被攻擊的機率很低，不過有準備總比沒準備好。

兔子舉著平板問：「可以吃飯嗎？」

很好，這傢伙根本沒在聽他說話。

左牧的怒吼已經來到嘴邊，這時肚子卻傳來咕嚕的聲響，害他只能紅著臉把話吞了回去。

「咳、咳咳……說的也是，先吃點東西，其他事待會再討論。」

「巢」準備的食物相當美味，跟五星級飯店差不多，左牧偶爾會想這些東西到底是從哪裡運送過來的。

當然，除了主辦單位準備的餐點之外，玩家也可以自行下廚。從鹹食到甜點的烹飪器具一應俱全，甚至還可以自己打氣泡水和製作冰淇淋，這種時候，連他都會開始幻想要永遠住在這個天堂。

除去外面那些危險，這裡真的跟高級別墅沒什麼區別。

說起來二樓好像還有個透明游泳池，若說那座廢棄「巢」的格局也像現在這棟一樣的話，那被破壞的程度也未免太可怕了。

左牧一邊整理腦袋裡的思緒，一邊等待兔子吃完午餐後從房間出來。

果然現在最讓他頭疼的問題，是那名持有四把鑰匙的玩家撂下的狠話，說要在下次鑰匙爭奪任務之前把他們全部殺掉這件事。

如果是他的話，就會先從最弱對手的開始處理。

不過，這也只是一般而論。在沒有見到對方、沒有交談過、手邊線索不足的情況下，他實在很難判斷那名玩家的行動。

「唉，我本來就不是行動派，而是頭腦派啊。」

填飽肚子的同時，「巢」的安全區機制也正好結束。

左牧其實不太擔心，畢竟不會有人專門盯著他這種剛上島沒多久的菜鳥。

但他的想法很快就被打臉，因為不死心的黃耀雪又再次出現在「巢」的門口，笑嘻嘻地大喊他的名字。

「小——牧——牧——」

想當然，他花了很大力氣才把兔子拉住，免得他又要衝出去把黃耀雪幹掉。

「那混帳能不能記取教訓啊！」左牧氣急敗壞地開門走出去，黑著臉對上他那充滿喜悅的表情。

「嗚哇，你的心情真糟糕。」

「也不想想是誰害的。」

黃耀雪不怕死地說：「眼鏡該不會真的跑去騷擾你吧？昨天他問我不少關於你的事，我都懷疑他是不是對你有興趣了。」

左牧瞬間雞皮疙瘩掉滿地，原來是這傢伙把他的情報告訴姬久峰！

「你為什麼知道我回『巢』了？」

「眼鏡跟我說你很可能會回來，所以要我來陪你。」黃耀雪捂著嘴，「我看他對你的態度真的挺特別的，你真厲害，能讓那個臭屁臉感興趣。」

黃耀雪的態度相當欠揍，但左牧並不在乎。

姬久峰故意讓黃耀雪來找他，百分之百是想要監視被他帶走的人是死是活，看來他也預料到自己會發現刀有毒的事情。

比起博廣和，這兩人顯然更加讓他頭痛，為什麼他老是遇見這種人啊？

「回去告訴公主殿下，不用擔心。」他垂眼對黃耀雪說，「人我會好好照顧，如果他想要知道什麼，就自己過來找我。」

現階段他不打算跟任何玩家交惡——當然，除了博廣和之外。可是姬久峰懷疑他的態度實在太明顯了，而他也不想示弱。像姬久峰那種個性的人，最好別隱瞞或減弱自己的氣勢，這樣反而會不被他放在眼裡，所以不管姬久峰在打什麼主意，他都不打算迴避。

「欸，我都來了，難道你不打算邀請我進去坐坐？」

「我倒想問你，為什麼會知道我的『巢』的位置。」

左牧沒有對黃耀雪放下戒心，就算他們曾經在鑰匙爭奪任務中成為同伴，但也不表示兩個人就是朋友。

而且，除非跟蹤或玩家主動告知「巢」的位置，否則他根本不可能會知道。

根據黃耀雪的態度來看，很有可能是前者。

「嘿嘿，我之前偷偷跟著你，所以才會知道。」

為了安全起見，他都是壓在最後時限內回到「巢」，這樣應該就沒有人能夠在跟蹤他回家後，還能安然無恙地在夜禁前回到自己的「巢」。

不過，如果真是偷偷跟蹤的話，兔子也會察覺到才對。

也就是說，黃耀雪並沒有告訴他事實。

「你還真是名符其實的跟蹤狂。」左牧決定順著他的謊言回應他。

一個謊言能夠滾成巨大的雪球，而謊言越大，被戳破的可能性也會越高。但對目前的情況來說，這並不是急切需要解決或堤防的問題，倒不如讓它自己慢慢露出破綻。

「博廣和說過我們別老是『友好』地聚在一起吧，你難道沒其他事情可以做？」

「沒有。」黃耀雪想也沒想，直接回答。

左牧的頭很痛。

「總之給我回去，別在我面前晃，就算我們現在真的被那個持有四把鑰匙的玩家盯上，也不會改變玩家之間的競爭關係。」

「沒想到小牧你這麼一板一眼。」

「是你太散漫了。」

「好啦好啦，我知道了，反正我只是來確定你有沒有事。」黃耀雪終於妥協，但在離開前，忽然像是想起什麼般，叫了左牧一聲。

「啊，對了。還有件事差點忘記告訴你。」

左牧嘆口氣：「什麼？」

「除了我們之外，島上不是原本就有另外兩個沒有鑰匙的玩家嗎？」

「這件事我知道，怎麼了嗎？」

「博廣和說他們歸順了那個持有四把鑰匙的玩家，而且似乎把同樣沒有鑰匙的我們當成目標，所以你得小心點。」

左牧壓低雙眸，這麼重要的事居然現在才說，黃耀雪果然是故意的。是打算讓自己挽留他？

「我會注意的。」

簡單的五個字送走黃耀雪後，左牧這才終於鬆口氣，轉身回到屋子裡。

兔子剛才雖然表現得很乖很聽話，但在進屋後馬上就衝過去拿起平板，跑到他面前。

「要不要我去暗殺他？」

看到這句話，左牧再怎麼遲鈍也能感受到兔子已經對黃耀雪厭惡至極。

他把平板拿開，對他說：「別做這種事，我說過吧，我還有更重要的事。」

兔子點點頭，也不知道是真的明白還是單純在應付他的話。

左牧把平板放回桌上，雙手環胸，盯著在沙發上臉色蒼白、滿頭大汗的男人。

「現在我們只要專心把他的命顧好就可以了。」

雖然不願這麼做，但萬一沒辦法取得他想要的線索，恐怕就得從委託人另外找來的三個同行下手了。

前提是這三個人還活著。

從眼鏡給的情報來看，罪犯集體殺害玩家的事件是從半年前開始，而他要找的人則是在三個月前失蹤，生死不明。時間上並不符合，但他不認為兩件事沒有關聯性。

「兔子，眼鏡之前說的罪犯殺害玩家事件你知道嗎？」

兔子點點頭，接著又搖搖頭。

「你到底是知道還是不知道？」

他把平板塞回兔子手裡，看他開始慢吞吞地打字。

「我有看過。」

「看過？什麼意思？」

「當時有人邀請我加入，我拒絕了。」

「那你知道這件事持續多久嗎？」

「三個月左右。」

兔子給的情報證明，他要找的人有可能正是這件事的受害者之一。

「在我跟黃耀雪他們來之前，還有其他新玩家登陸這座島嗎？」

「有，可是一下就死了。」

這正是他擔心的，委託人找來的其他人，已經死亡的機率非常高。

看來他的備用選項很有可能是條死路。

「唉，真棘手。」左牧搔搔頭髮，走向廚房。

要補充腦力最快的方法就是吃甜食，他記得冰箱裡好像有個六吋巧克力蛋糕。

總之，他現在也只能暫時走一步算一步了。

無名狙擊手的恢復速度比他想像中快，不知道是不是他的新手運太好，還是這人的恢復力驚人，隔天早上起床的時候，他發現對方居然在廚房做早餐。

走下樓的左牧驚愕不已，還以為自己出現幻覺，直到對方把炒得相當漂亮的金黃色炒蛋、看起來好吃到不行的法國吐司，還有煎得剛剛好的培根，擺成可愛的人臉模樣放在他面前後，左牧才回過神來。

肚子下意識地咕嚕咕嚕叫著，正當他覺得口渴時，咖啡的香味便傳入鼻腔。

有著可愛貓咪拉花圖案的拿鐵，被放在他的手邊。

左牧打死都不相信，這些都是昨天中毒、在鬼門關走一回的人做出來的東西。

他差點就要暴殄天物了啊！

這個傢伙非常可以，倒不如說他從沒這麼認真想過要把一個男人套牢。

兔子跟在他身旁，像個沒睡醒的孩子，搖搖晃晃地靠著他，即使早餐誘人的香氣也沒讓他睜開眼睛。

既然兔子睡得這麼毫無防備，就表示這男人不會威脅到他的性命。

男人發現左牧盯著他看，便皺眉說：「怕我下毒？」

「不是……我只是很意外，沒想到你這麼會做菜。」

意料之外的回答，反而讓男人驚訝不已。

他瞪大眼睛，看起來似乎很不習慣有人稱讚他的廚藝。

「畢竟玩家需要的是戰鬥人員，而不是廚師，食物的話你們每天都能在『巢』吃到比這更美味的吧。」

「但是剛煮好的食物果然還是比較香，而且像主辦單位那種餵食方式，反而讓人覺得自己像是被飼養的豬。」

「噗！」男人被他的形容方式惹得噴笑出來，「這種說法我還是第一次聽到，挺貼切的。」

左牧拿起叉子，愉快地吃起這頓美味的早餐。

「我叫左牧，能告訴我你的名字嗎？不然很不方便。」

「反正你只是想把情報搞到手之後，就把沒有利用價值的我趕出去不是嗎？這樣的話，何必知道名字。」

「不，我是真的滿想要把你留在身邊的。當然，你不介意的話。」左牧指指自己的脖子，暗示他的項圈。

男人皺起眉頭，穿著圍裙的他看起來很沒殺傷力，但氣勢到是沒有減少。

「你跟昨天那個變態的態度未免也差太多了。」

「眼鏡公主的脾氣確實不好。」

「眼鏡……公主？」

這個奇怪的稱呼和那個男人完全不搭，反而引起了他的好奇，但左牧卻沒有告訴他這個暱稱的原委。

「想要把你搶過來的話，要怎麼做？」

「……你是認真的嗎？」

「是啊。」

「但是跟著你，我並不覺得有什麼好處。」

「至少我這裡的氣氛比其他玩家要好，不是我自誇，單就這點來說，不是很讓你們這些生活在緊張跟危險中的罪犯心動嗎？」

這倒是真的。

坦白說，他醒來的時候還以為自己在做夢，怎麼也沒想到，在這座島上還會有這麼「平凡」又「正常」的地方。

但左牧是才剛到島上沒幾個禮拜的新人，他的天真讓男人遲遲無法打定主意。

「告訴我你為什麼要調查那座『巢』，我就考慮考慮。」

「等你答應當我的人，我再告訴你原因也不遲。」左牧笑呵呵地回答，「我本來不打算告訴其他人的，但總覺得告訴你沒問題。」

男人瞇起眼睛，最終選擇妥協。

「我叫羅本。」他將自己的名字告訴左牧，並把圍裙脫下來，「那個『巢』的玩家已經不在了，會去調查死亡玩家的人，我想整座島上除了你之外，就只有我了。」

這句話讓左牧期待地瞪大眼睛。

而當聽到他親口說出廢棄「巢」原有玩家的名字後，左牧更是露出震驚的表情。

「他不是三個月前失蹤的嗎？」

「那個人半年前被主辦單位判定為失蹤玩家，消聲匿跡一段時間後，又再次被發現，直到三個月前才被確認死亡。」羅本一臉平靜地解釋，「看你的反應，似乎不知道這件事。」

「這還真是讓人意外的情報……」

左牧確實嚇了一跳，看來他的直覺是對的，兩者之間果然有關聯。

「我當時也不相信，所以才會私下調查，反正主辦單位根本不會把我這種小罪犯當回事，行動起來也方便許多。」

左牧勾起嘴角：「但還是有很多不方便的地方吧？你還是需要『玩家』的協助。」

「說的也是，所以我對你的合作提議相當感興趣。」

兩人很有默契地露出笑容。

這時，兔子終於慢慢醒過來，他一抬頭就看到兩人相視而笑的畫面，急忙緊緊把左牧抱在懷裡。

「嗚哇！你、你這笨兔子，又突然——」

「簡直像個嬰兒。」羅本嘆口氣，將熱騰騰的三明治遞給兔子，「這可跟我聽到的、有關你的傳聞完全相反。」

兔子被香噴噴的早餐吸引，很快就拿著三明治躲回自己的房間享用。

左牧倒是對羅本剛才的話有些好奇。

「你知道兔子的事？」

「我知道島上有個強得跟怪物一樣的面具型罪犯，沒人敢靠近，也從不接近玩家，但他卻出乎意料地認了個新手當飼主。」

「這座島上的罪犯消息還真靈通。」

「畢竟我們跟玩家不一樣，走錯一步就會死。」羅本拉開椅子，坐在他的對面，「接下來，換我問你問題。為什麼要調查他的事？」

左牧想了下，決定如實以告：「有人委託我尋找他的下落。」

羅本很聰明，要是被他發現說謊的話，恐怕就再也沒辦法取得他的信任。

羅本愣了一下，似乎沒想到理由會是這樣。

「換我提問。」左牧說道，「你以前是那傢伙的搭檔嗎？」

「嗯，而且我不認為他死了，所以才會私下調查。」羅本毫不遲疑地回答，接著問：「你現在有多少線索？是誰委託你來找他的？」

左牧喝了口咖啡，勾起嘴角：「你的體力還沒完全恢復，今天就先待在『巢』裡休息，我跟兔子會在規定時間內離開。」

羅本有點不高興地皺眉：「你想迴避我的問題嗎？」

「不，我們有的是時間，而且我得先讓你成為我的人才行。至於線索分享，等夜禁再來慢慢討論也不遲。」

羅本覺得他說得有道理，便沒有繼續追問下去。

玩家之間雖然不能正大光明搶奪對方擁有的罪犯，但僅限於面具型，一般罪犯並不適用這條規則。

只不過得在玩家和該名罪犯都同意之下，才可以進行更換搭檔認證。之前羅本的體力和精神太過虛弱，導致他無法這麼做。

左牧看見兔子心滿意足地端著空盤子走回來，便對他說：「兔子，你應該不介意我多收一個搭檔吧？」

兔子先是歪頭思考，接著笑彎著眼睛點點頭。

羅本伸出手和左牧相握，接著左牧叫出布魯，讓他在今天的遊戲開始之前，讓羅本變成自己的搭檔。

「有個能說話的人果然不錯。」左牧笑嘻嘻地說，「不然待在『巢』的時候，我只能自言自語。」

雖然數量仍然很少，但他終於有其他罪犯可以使用了。再者，他也不想和其他玩家有太多交流，免得惹上麻煩。

他本來就打算當個不起眼的普通玩家，完成委託後立刻離開。而且委託人也已經向他保證過，有辦法可以讓他活著離開這座島。

只要手裡握有逃脫辦法，他自然就不用太過擔心，專心顧好小命找到線索就可以了。

「我說，你真的要跟我們去？」

看羅本已經換好衣服，拿著從武器庫裡隨便挑選的手槍，做好充足準備的模樣，讓左牧有些擔心。

他的身體根本還沒完全恢復，隨意行動的危險實在太大了。

「沒關係，我習慣了。是說你的武器庫怎麼連把衝鋒槍都沒有？」

「啊哈哈，有點原因。」

左牧也沒想到自己會招攬其他罪犯，所以當初想著反正用不到，就全讓博廣和拿走，以換取正一的安全。

當然這些話他不好意思說出口，生怕羅本用鄙視的眼神盯著他一整天。

羅本沒有追問，反正手槍也能用，便也不是很在意。

而他對兔子挺好奇的，這樣的兩人組竟然能活著通過上次的鑰匙爭奪任務，這絕對不是偶然。

「那麼你今天打算做什麼？我聽說有個快通關的玩家，正發狂似地追殺其他玩家？」

「沒想到你居然連這件事都知道。」左牧嘆口氣，覺得在羅本面前似乎沒有事能夠隱瞞，於是便對他說：「有幾個玩家說要結盟對付他，我也被強硬地拉過去加入。」

「對策？」

「先看情況，至少這幾週的時間我們都得小心行動。」

「我知道了。」羅本說完，得出結論，「那麼我們今天就去其他廢棄的『巢』搜刮看看有沒有什麼武器能用，畢竟你那貧乏的武器庫會害我毫無用武之地。」

「其實你只要做飯給我吃就……」左牧才剛開口，就看見羅本用凶神惡煞的表情回過頭來瞪他。

兔子感覺到殺氣，直接攬住左牧的身體護著他，同樣用怒目對上羅本危險的視線。

「我是戰鬥人員，不是家庭主夫。」

「我明白了，抱歉……」左牧乖乖道歉，看來這應該是他的地雷。

「我們出發吧。」

帶著新加入的罪犯羅本和黏人到不行的兔子，左牧心裡覺得踏實許多。

只是他沒想到，替羅本尋找武器的這段路上，竟會遇到如此大的麻煩。

BEFORE THE END
OF THE GAME

規則四：允許搜刮無人「巢」的物資

ゲームが終わる前に

兔子背著左牧，飛快地在樹枝上移動。令人驚訝的，沒想到羅本居然能夠追上他，也不知道兔子是不是刻意放慢速度。

對廢棄「巢」的位置很熟悉的兔子，接二連三帶他們來到一棟又一棟被打成蜂窩的房子搜索。每個地方都和之前那棟二層樓房差不多，幾乎都被衝鋒槍或機關槍之類的武器重創過。

沒有爆炸痕跡，只有子彈留下的、怵目驚心的彈孔。

「這些地方全都是半年前事件留下的殘骸嗎……」

左牧翻開散布在地面的石塊，只見鮮血的痕跡沾染著地面，由於經過很長一段時間，血跡都已經氧化成褐紅色，連味道都沒有殘留，如果不仔細翻找，根本不會發現。

「再跑兩個點看看情況，如果再沒收獲，就先放棄，否則再這樣也是浪費時間。」

花了一整個早上，卻沒有半點收穫，若他們運氣真的這麼糟糕，那麼槍枝問題恐怕只能用搶奪的方法處理。雖說這是他最不願意使用的手段，但怎麼樣也得幫羅本找到適合他的武器，否則這顆棋子就毫無用武之地。

「嗯，我也同意。畢竟剩下能搜索的『巢』也沒剩多少。」

「廢棄『巢』不是挺多的嗎？」

「大部分的我都已經去過了，可以百分之百確定沒有能利用的東西。」

「這樣啊……」

「為了節省時間，我也是請兔子先生把我找過的那些地方剔除。」

「我都不知道你們感情什麼時候變得這麼好了。」

「畢竟是同一個玩家的搭檔，我們之間如果有所隱瞞，對彼此都沒有好處。」

羅本認真的態度讓左牧忍不住感動流淚，這大概是他來到這裡之後，唯一一個能安心信任、又能好好說話的對象。

左牧看了一眼手表：「那就先回我們的『巢』休息，吃個東西，一個小時後再出發。」

羅本皺起眉頭，雙手環胸，看起來相當不高興。

「你是在顧慮我嗎？」

「這不是理所當然？」左牧可不怕他那張嚴肅的臉，而且既然兔子沒有過來阻止，就表示他只是單純耍脾氣而已。

沒有殺意的怒瞪，對他來說沒有任何威嚇效果。

羅本的眉頭越皺越緊：「我還是第一次遇到像你這樣的玩家。」

「是嗎？我覺得很普通吧。如果我想要你死的話，幹嘛還大費周章把你帶回去治療，甚至還讓你當我的搭檔。」

「玩家只會把罪犯當成工具使喚，根本不會把我們當人對待。」

「啊——那些傢伙確實給人這種感覺。」左牧摸了摸下巴，把至今為止遇到的玩家審視了一遍，「不過也有例外，我覺得正一就不錯啊。」

「正一？」羅本挑眉，「是博廣和想要幹掉的那個玩家嗎？」

「呵，果然什麼事都瞞不過你。」左牧稱讚他一番之後，皺起眉頭，「正一雖然和我對待你們的態度是一樣的，而且之前幫助過他，關係也不錯，但是……」

「但是卻有種『不能相信他』的預感？」

左牧愣了下，接著勾起嘴角。

「你知道什麼嗎？」

羅本嘆口氣：「你知道半年前罪犯集體追殺玩家的事件吧？聽說那件事背後是玩家在操控，所以當時存活下來的玩家，對彼此之間都不信任，因為他們到現在都還沒找出背叛者是誰。」

「你當時的搭檔也是受害者？」

「是。」羅本的眼神變得黯淡許多，充滿哀傷與痛苦，「沒有面具的罪犯想要活下來，只能觀察玩家們的行動，慎重選擇搭檔，並好好保護他——但是我沒能做到。」

無論是玩家還是罪犯，全都想活著離開這座島，沒人想死在這種地方。

左牧沒有繼續追問下去，因為他可以感受到羅本對於那名玩家的懷念，這表示他們之間的關係應該很不錯。

「說起來，沒有玩家的普通罪犯都藏在哪裡？」

「除面具型之外，普通的罪犯跟你們一樣都有夜禁，島上釋放毒氣的時間我們無法行動，但有庇護所可以躲藏。」

「看來主辦單位還有點人性。」

「畢竟我們普通罪犯也是遊戲裡重要的一環，他們最喜歡看我們替搭檔赴死戰鬥的模樣。」

「嗚哇，真變態。」

「就算是這樣，只要能活著離開，我們身上的罪行就會被消除得一乾二淨，要不是這個原因，我們也不會想來這種鬼地方。」

左牧忽然對羅本犯下的罪行有點好奇，但他還是沒有開口詢問。

接著他拉回主題：「總之，我沒把你當成工具人，嚴格來說，我還得靠你才能活命，你死了對我沒有好處。」

「因為還有利用價值嗎？」

「我想要的是合作關係，畢竟我們有同樣的目的。」

羅本知道他和自己的目標一致，所以才會答應和他聯手，但是——

「昨天你沒有回答我的問題，今天能說了吧？」他瞇起眼睛，質問左牧，「是誰委託你來找他的？」

「私人因素，我沒有辦法告訴你詳情，但我可以保證我絕對沒有說謊。」左牧聳肩，「天底下沒有笨蛋會傻到自己跑來這種危險的地方，只為了找一個生死未卜的人。」

左牧的話可信度相當高，不過羅本也不傻，可是既然左牧沒想要坦白，他也就不點破。

兩人話說到一半，兔子突然蹦蹦跳跳地跑過來，用力拉住左牧的手臂。

「哇！兔子，你又哪根筋不對！」

左牧根本比不過他的蠻力，就這樣被他拖著走，羅本也安靜地跟在後面，沒有要出手幫忙的意思，反而覺得這畫面挺有趣的。

他還是第一次看到這麼沒有階級壓制的搭檔互動，尤其是在這座島上，根本稱得上是世界奇觀。

兔子很開心地拽著左牧來到武器庫的一面牆壁前，興沖沖地拍著牆壁，似乎在說後面有東西。

左牧和羅本互看一眼，接著羅本走上前，用槍托輕敲確認。

「怎麼樣？」

「牆壁後面確實有個空間，但無法確定有什麼。」

「嗯，真好奇……難道是隱藏密室之類的？」

正當左牧還在考慮到底要不要調查的時候，兔子已經握緊拳頭，筆直地打向牆壁。

牆壁沿著他撞擊的地方迅速龜裂，整面牆應聲破碎。

羅本被這畫面驚呆了，左牧則是被兔子又擅自行動的事氣得鼓起臉頰。

可惡！他到底該怎麼教育這隻笨兔子！

看著兔子笑彎著眼睛回過頭來，希望他稱讚自己的模樣，左牧還是只能搖頭嘆氣。

今天晚上回去又得吞幾顆頭痛藥，否則晚上絕對會睡得很痛苦。

「啊啊，好好好，是是是，你這傢伙未免也太厲害了吧。」左牧用敷衍的口氣讚美兔子，但兔子卻沒聽出他的諷刺，反而害羞地搔著頭，看起來相當高興的樣子。

看來不管是用什麼樣的口氣，只要是「讚美」，兔子就會很高興。

明明殺人不眨眼，思考能力卻跟小孩子沒什麼兩樣，這種反差感太可怕了。

而羅本則是不敢置信地看著兔子：「面具型果然都是怪物……普通人根本不可能做到這種事。」

羅本想起兔子那不正常的速度，以及單手擊破牆壁的畫面，不禁慶幸這樣的人是他的同伴，而非敵人。

羅本拿起小型手電筒往裡面照：「似乎是個通道，要進去看看嗎？」

這個「巢」的武器庫在地下室，照理來說不可能會有什麼額外的通道或地下空間，這顯然是一場有趣的探險——如果你這麼想那就錯了。

「先拿幾個照明棒丟進去看看狀況。」左牧邊說邊把裝滿照明棒的袋子扔給羅本。

羅本照做，才往裡面扔第三根，地面竟然就莫名其妙地自爆了。

兔子用背替左牧擋住暴風，而羅本則是動作迅速地貼在旁邊的牆壁上。

「沒想到真的藏有地雷，你怎麼會知道？」

「這麼詭異的地方沒有陷阱才奇怪。」

左牧點亮手電筒，拋下兩人，率先走了進去。

兔子和羅本互看一眼，乖乖跟在他身後，沒人想逞英雄走在前面。

一路上左牧都相當小心，走幾步就丟幾根照明棒，幸好隧道不長，在照明棒用完之前就已經來到盡頭。

那是一個圓弧形的空間，以及一扇毫無防備的木門。

「布魯，掃描一下。」

手表發出綠光，由上而下掃過門扉，接著發出嗶嗶聲響。

「沒有任何電子儀器反應。」

左牧扭了下門把，輕而易舉就把它推開，看來這扇門根本沒鎖，彷彿不在乎裡面的東西會不會被人拿走。

三人走進去之後，發現這是個隱藏的武器庫，而且武器種類非常完善，讓羅本感到意外也十分開心。

「沒想到這裡居然還有個武器庫，是之前的玩家另外藏匿的？」

「大概是備品。」

左牧懷疑，當初這個「巢」的玩家，該不會是懷疑自己的罪犯中有叛徒，所以才會另外安排這樣的武器庫。

這就表示，即使成為搭檔，罪犯還是不可信任嗎……

兔子沒有理會兩人心中的顧慮，開開心心地挑選起軍刀，甚至還拿起超大把的開山刀在旁邊揮舞，簡直就跟玩開的小鬼沒有不同。

羅本也在玻璃櫃裡發現ＳＶＤ和專用子彈，他的眼神瞬間跟兔子一樣閃閃發光，像個變態般不斷撫摸槍身。

「這把槍真漂亮，而且子彈也很充裕，真是挖到寶了。」

左牧對這個房間裡的武器半點興趣也沒有，他不會開槍也不想拿刀砍人，所以就把武器的選擇權交給這兩個內行人。

「挑幾樣你們喜歡的帶走就好，不要全拿。」

他看這兩個人已經把包包塞滿，甚至相當貪心地想把所有武器全部打包帶走，才忍不住出聲下令。

兩個人瞬間露出了難過的表情。說實在，他根本就是在照顧有著大人外貌的小鬼頭吧！

「我們可以之後再來這裡搬，不用這麼貪心。只要能用到下次的武器補給時間就好。」

「那麼就挑特殊槍種吧。」羅本建議道，「有些可以拿來當作底牌，畢竟任誰都想不到，沒有鑰匙的玩家會擁有『特殊武器』。」

「這點我同意。」左牧點點頭，接著轉頭對兔子說：「還有你，別再那邊挑刀子了，不管是哪一把都沒差吧。」

兔子聽到他這麼說，急忙搖頭，甚至跳到他面前，把他小心翼翼捧著的軍刀遞給他看。

左牧自然是滿頭問號，而羅本則是湊過來看了一眼。

「哦，這刀品質不錯，聽說連鋼鐵都能削斷，如果攻擊肉身的話，很有可能連同骨頭一起砍斷。」

羅本給予這把刀相當高的評價，但在左牧眼裡，這就只是一把普通的刀子。

「還有那把刀，刀柄含有毒藥，插入人體後會直接卡在身體裡面。」

兔子看見羅本這麼識貨，相當開心，雙眼閃閃發光地盯著他看。

左牧雖然完全看不出差別，可是只要兔子能夠跟羅本好好相處的話，對他來說就是最大的收穫。

「唉，給你們十分鐘，把可以用的武器帶著，其他就留在這裡。」

羅本和兔子連半秒都不想浪費，急急忙忙開始精挑細選。

被拋在一旁的左牧，手腕傳來布魯的聲音。

「如果您允許的話，我可以把這裡登記成您的所有物。」

左牧有些驚訝：「我半把鑰匙都沒拿到，還能有這樣的特殊待遇？」

「作為發現者，您可以獲得這些物品的所有權，這是玩家的基本權利。」

「意思就是說，先發現的人就可以得到嗎？跟取得鑰匙的判定標準是一樣的？」

「是的，這座島的規則是絕對的。」

「如果我們在這裡找到其他玩家遺留的武器，也不能拿？」

「若沒有登記就可以取用，這是玩家的自由。」

登記有風險，說實在好處跟壞處大概各半。

像他們人手不足，無法帶走所有武器，勢必要用登記的方式來確保武器不會被其他玩家拿走；但壞處就是，被其他玩家發現登記者是誰之後，就會設下陷阱，等待他們回來取走剩餘的武器。

「雖說也可以反過來當作陷阱使用……但以現在的情況來說，應該不太適合。」

左牧稍微估算了一下下次的武器配給時間後，最後還是決定放棄剩下的武器。

三人背著武器離開祕密武器庫，在離開前左牧還特地在洞口正對面設置隱藏鏡頭，才和兩人一起離開。

由於背著不少武器，他們便按照原訂計畫先回到左牧的「巢」。

回到「巢」後，兩人也沒有閒著，很快就去擺放他們的戰利品，左牧則是無聊地吃著東西，等他們離開自己的房間。

因為屋子很大，所以他讓羅本自己挑選喜歡的房間使用。

兔子也有自己的房間，但那是專屬於面具型罪犯的，和普通罪犯不同，而且除本人之外，所有人皆不得踏入，出入還需要指紋認證。

他問過布魯才知道，原來在裡面可以取下面具，而且如果面具底下的臉被玩家看到，主辦單位會直接殺死玩家，所以兔子才會特別小心。

兔子基本上只有在吃東西的時候才會躲進去，其他時間都黏在他屁股後面，喝水倒是比較容易，只要把吸管插進面具旁邊的洞或直接灌進去就可以了。

他每次都在想，兔子會不會有一天被開水嗆死。

「現在武器也有了，情報……唉，看來現在暫時沒時間考慮委託了。」

正在思考著接下來該做什麼事的時候，左牧收到了其他玩家的聯絡通知。

那是和他聯手對付持有四把鑰匙玩家的同盟，早在集會那時就已經交換聯絡方式，所以即使不認識，也可以和他取得聯繫。

左牧想著應該不是什麼重要的事，但還是接起電話。

螢幕跳出陌生玩家的臉，從他焦急的神情可以知道情況有些不對。

「啊！太好了你沒事！」對方看到左牧平安無事，先是鬆口氣，拍拍胸膛，接著又緊張地對他說：「另外一個剛入島的菜鳥被襲擊了，很擔心你也遭到毒手……」

他是指黃耀雪？

左牧皺起眉頭，說實在，這傢伙雖然很煩人，但他並不希望黃耀雪遇到危險。

「他被持有四把鑰匙的玩家攻擊？」

對方點頭：「廣和說可能是打算先從容易下手的對象開始，所以要我來看看你的情況，確認安全。沒事的話就好。」

「黃耀雪死了？」

「不，應該還活著……但他被抓走了，我想死亡也只是時間問題。」

「哦，是嗎？」左牧枕著下巴，嘴裡喀滋喀滋地吃著波卡，「真不走運，不過對博廣和來說，沒有鑰匙的玩家就算死掉也無所謂吧。」

對方似乎沒想到左牧會這麼說，驚訝地瞪大眼睛：「你怎麼可以這樣說？我們好歹也是同盟的伙伴吧！」

「那你要去救他？」

當左牧問起這個問題時，對方卻遲遲不肯回答。

等了半分鐘，左牧嘆氣道：「沒有利用價值的話，對方自然不會留他活口，既然他還活著就表示他還有用處，我們著急去救人也只是自討苦吃。」

「可、可是……」

左牧盯著他不安的表情，也不願當壞人，便對他說：「既然博廣和已經知道這件事，就輪不到我出馬。」

「我還以為你們交情不錯。」

「認識才沒幾天，怎麼可能會有什麼交情。」

像是預估錯誤一般，對方急得咬牙，彷彿埋怨著左牧不願順著他的意思走，這讓左牧開始覺得有些古怪。

最後對方終於放棄，簡單和他說了幾句話之後就結束通訊。兔子和羅本也正好整理完，離開房間回到客廳。

左牧看見他們便站起身，各塞一個便當到他們手裡。

「邊走邊吃。」

羅本挑眉盯著他：「你是打算去野餐嗎？」

「還不是你們兩個花太多時間，餓肚子是要怎麼保護我？」

左牧催促著兩人離開「巢」，但才沒走多遠，就撞見匆匆朝他趕來的黃耀雪。

黃耀雪看到左牧，明顯嚇了一大跳，但因為有兔子在旁邊的關係，他忍住沒直接衝撞上來。

「你怎麼會在這裡？」左牧還沒出聲，黃耀雪就已經指著他大喊。

他有些尷尬地頓了下，抓抓臉頰後，忽然明白過來。

「該死，果然是陷阱。」

話才剛說完，周圍忽然出現一大票罪犯，手裡拿著衝鋒槍對準他們。

兔子和黃耀雪的面具型罪犯，幾乎同一時間抓起各自的玩家，迅速向上跳起。

大量的子彈開始朝空中亂射，巨大的聲響幾乎遮蓋了其他聲音。

兔子帶著左牧躲在樹幹後面，以抵擋這些亂飛的子彈。為了將左牧完全保護好，他用自己的身體當成盾牌，以壁咚姿勢將左牧壓在身下。

左牧不知道黃耀雪的情況怎麼樣，但這些傢伙百分之百不是黃耀雪帶來的。

「看來是打算把我們兩個一網打盡，果然想從最好下手的玩家開始處理。」

左牧本來就覺得那個男人的態度有些不對勁，猜想他可能在說謊，所以才會故意不回應他的要求，沒想到這人居然也用同樣的手法拐騙黃耀雪。

好死不死，單純的黃耀雪就這麼傻傻地被騙了。

明明這人平常沒那麼愚蠢，怎麼偏偏在這件事情上判斷失誤？

「羅本人呢？」他大聲詢問兔子。

兔子瞇起眼睛看著下方，表情相當嚴肅，不知道有沒有聽見他說的話。

他指了指左牧的胸口，要他待在這裡別亂跑，自己則是反握軍刀，仔細聆聽聲音，在敵人更換彈匣的空檔，衝入人群之中。

「嗚哇！」

「搞什麼！這傢伙……唔！」

「啊啊啊——」

底下傳來陣陣慘叫，對方像是被打亂步伐般，開槍變得毫無章法。

兔子以飛快的速度穿梭在罪犯之中，所到之處皆是留下敵人的鮮血。有人甚至連他的身影都沒看見，喉嚨就已被劃開，最後見到的景色是從自己體內噴出的鮮紅血液，接著便倒地斷氣。

「怪、怪物！」

「快開槍！別讓他靠近！」

雖然這些罪犯盡力想要和兔子拉開距離，但他們卻完全捕捉不到他的身影，開槍的速度根本比不上他的移動速度。

羅本蹲在樹枝上，將兔子的戰鬥姿態全都看在眼裡。

他雖然也曾經差點被兔子殺死，知道他是個很厲害的男人，但這種戰鬥他從未見過，這時不免慶幸著自己是這人的同伴而非敵人。

在兔子將最後一名罪犯的脖子扭斷時，吵鬧的樹林也安靜下來。

那雙原本與天空同樣色彩的眼瞳，因倒映著敵人的血而變得鮮紅可怕。

——瘋狂的兔子。

這是羅本腦海裡閃過的一句話。

左牧察覺四周變得安靜無聲，原本想偷看底下的情況，沒想到卻被人抓住肩膀。

他嚇得冷汗直冒，結果回頭發現居然是羅本。

「羅本？你沒事……」

羅本面色凝重：「你現在最好別去看那傢伙。」

左牧愣了下，隱約覺得羅本似乎在保護兔子在他心中的形象，但左牧卻搖頭拒絕，將他的手拿開。

「我知道他是殺人魔。」

左牧的神情相當堅定，讓羅本有些驚訝。

他還以為像左牧這樣的普通人，不可能會習慣鮮血與屍體，但左牧卻毫不在乎地轉身坐在樹枝上，對站在血泊與屍體堆中的兔子說道：「喂兔子，還不趕快過來把我弄下去。」

原本殺紅眼的兔子聽見左牧的聲音後，立刻抬起頭，一改方才殺戮的目光，笑彎著眼對他招手。

他滿身是血，手裡還拿著凶器，說實在的，要不讓人反胃絕對是在說謊。可左牧知道他必須習慣，否則根本沒辦法在這座島上生存。

兔子輕而易舉地跳上來，蹲在他身邊，看起來就跟野生動物沒什麼不同。

羅本似乎第一次看見兔子如此可怕的模樣，對他有點抵觸，遲遲不肯靠過來，站在另一側的樹枝上盯著兩人。

他知道兔子很強，但沒想到他竟能夠隻身殺掉手持衝鋒槍的敵人，更不用說對方還有人數上的優勢。

兔子原本想把左牧抱下去，卻發現自己滿手是血，於是急急忙忙往自己身上擦乾淨後，才歪著頭朝左牧張開雙臂。

左牧想也沒想，主動靠過去，讓他把自己抱下樹幹。

兔子刻意選擇沒有鮮血與屍體的平地讓他站穩腳步，而羅本隨後也跟著跳了下來。

他一看見兔子笑嘻嘻地盯著他，不禁汗毛直豎。

「放心吧，他不會對你出手的。」左牧看出羅本的不安，便對他說：「而且兔子也不會隨便殺人，不用害怕。」

接著，他眼角餘光看見從另外一棵樹上跳下來的黃耀雪，不發一語地走過去，直接揪住對方的衣領。

「噫！」

「你這笨蛋，把敵人引來了都不知道！」

黃耀雪痴呆地盯著他，過了許久才恍然大悟。

「居然是騙我的！方世承那傢伙——」

聽見他說出陌生的名字，左牧很快就明白是剛才聯絡他的玩家。但還來不及細問，兔子和繃帶面具立刻察覺到危險，同時將兩人再次扛起，二話不說往前飛奔。

「嗚哇！怎麼回事？」

「該死……敵人比我想得還多。」左牧回應著黃耀雪的問題。被公主抱的他，比起被拎在手臂裡的黃耀雪，更能清楚看見後方的情況。

羅本緊跟著兩人，從包包拿出手榴彈，往後扔過去。

隨著爆炸聲四起，一群人也趁亂衝出樹林，往岩石區前進。

爆炸雖然能夠阻止普通罪犯，但煙霧中卻衝出四名速度飛快的面具型罪犯，他們繞過羅本，以兩名玩家為目標進攻。

兔子和繃帶面具同時煞住腳步轉身，帶著自己的玩家閃躲近戰攻擊。

但他們帶著黃耀雪和左牧，根本無法好好反擊，不過在這情況下，他們也沒打算放開自己的玩家。

忽然，身後傳來槍響，一顆子彈精準擦過其中一名面具型罪犯的面具。

他慢慢轉過頭，深色鏡片讓別人完全看不見表情，但他所釋放出的殺氣卻清晰得可怕。

「嘖，動作真快。」方才開槍的羅本，不悅地咋舌。

他可沒有射偏，是對方的反應實在太快了。

「面具型果然不好對付。」

「但已經足夠了。」在前方的黃耀雪大聲對他說，接著從周圍的岩石後方，出現許多持槍的普通罪犯，所有人槍口都對準四名面具型罪犯，同時開槍射擊。

樹林。

這回情況反轉，這些面具型罪犯被毫無間隙的子彈逼退，最後只能選擇逃回樹林。

黃耀雪舉起手：「停！」

罪犯們很有默契地停止攻擊，但槍口卻沒有從樹林方向移開。

剛被兔子放下來的左牧，看見黃耀雪匆匆走向自己，稍微安心下來。

看來黃耀雪並不完全是個笨蛋，還是有安排好其他伙伴輔助。

「看吧，我不笨的。」黃耀雪雙手扠腰，挺起胸膛向左牧炫耀。

左牧上下打量他自信滿滿的表情，說道：「我怎樣也看不出你是故意把敵人引出來的，這只是湊巧吧。」

黃耀雪汗顏，事實確實就像左牧說的，只是湊巧。

他剛好帶著罪犯們在這裡訓練，結果沒想到接到通知，說左牧的「巢」被攻擊，所以他才會匆匆忙忙趕過去，落入敵人的陷阱。

「我確實有點衝動了，誰叫我擔心救命恩人被殺掉，我都還沒還你人情呢。」他有點不好意思地抓著臉頰，完全不敢和他四目相交，「你的面具型真厲害，他是察覺到這裡有我的人，才故意往這裡走的。」

左牧轉頭看著兔子，見兔子點點頭才嘆了口氣。

「先不管這種小事，重點是那個姓方的為什麼要陷害我們？我是從他那聽說你被抓住，生死未卜。」

「什麼鬼？」黃耀雪驚訝地瞪大眼睛，「我好得很，再說我才沒那麼容易被抓住！」

左牧摸著下巴思考：「那傢伙明明同樣是博廣和邀請的玩家……看來應該是對方安插進來的間諜，故意先從我們兩個比較弱的玩家下手。」

「意思是我們完全被小看了嗎？」

「畢竟我們才到島上不到一個月的時間，會把我們當成首要除掉的目標也是情有可原。」左牧攤手向他解釋，「而且他們不一定會堅持要把我們殺掉，畢竟對他們來說，我們兩個可有可無。對方真正想幹掉的，應該是博廣和。」

「只要把頭砍掉，剩下的四肢就會自動解體的意思？」

「簡單來說就是這樣。」

「那麼得趕緊通知博廣和才行。」黃耀雪邊說邊抬起手，打算和博廣和聯絡，但這時兔子和繃帶面具卻又突然開始警戒地盯著樹林。

左牧和黃耀雪也跟著緊張起來，羅本也同樣舉起槍，站在後方觀察。

氣氛瞬間凝結，彷彿打個噴嚏都能把人的心臟嚇得從嘴裡跳出來。

過了兩分鐘，剛才打退堂鼓的面具型罪犯再次衝了出來，這回他們的速度比剛才更快，有人持槍，有人拿著軍刀，普通罪犯根本抵擋不住他們的進攻，很快就亂了陣腳。

兔子和繃帶面具上前迎敵，羅本也在後方開槍協助他們，不讓敵人靠近。

看著眼前的混戰重開，左牧總覺得好像有哪裡不太對勁，卻又說不上來。

就在他起疑的同時，他忽然發現身後有影子閃過，於是下意識地轉過頭。

一張被刀砍過無數次的面具出現在眼前，將他的視線完全遮蔽。

他連聲音都還來不及發出，便瞬間失去意識。

BEFORE THE END
OF THE GAME

規則五：夜晚只有「面具型」能自由行動

ゲームが終わる前に

左牧在一陣寒冷中醒來。

他打了個噴嚏，清醒後刺骨的寒風變得更加真實，身體不自覺地打起冷顫。

睜開眼看見的，是光線昏暗的冰冷地牢，而且溫度極低，感覺上應該是洞窟深處，要不然就是在地底下。

這種像是中古世紀城堡的場景，讓左牧一下子清醒過來，但後頸還殘存著疼痛的感覺，就好像被鐵棍狠狠砸過。

「痛死我了……」

開口說話之後，他才發現這個地方的回音很大，而且除了他說話的聲音之外，沒有其他聲響。

「這是什麼鬼地方？」左牧心裡先是一緊，接著便抬起手腕，對手表說道：「布魯？」

手表安靜無聲，這還是他第一次遇到聯絡不上布魯的情況。

原來布魯並不是無所不能的……嗎？

他觀察著自己的身體狀況，沒有外傷也沒有被下藥的跡象，更重要的是沒有被銬住。

明明旁邊就有鐵鍊跟手銬，可是將他抓來的人卻沒有使用，這種刻意的安排讓他心情糟糕到了極點。

看來他的預感準確命中了。

「哈哈，兔子現在肯定在抓狂吧……」

想到兔子對自己的執著，不難想像發現他被抓走後，兔子會是什麼模樣。

他抓了抓臉頰，這麼想雖然有點自戀，但他覺得憑兔子的野性直覺，或許真的能找到他也說不定。

左牧開始思考自己被抓走前發生的事，可是除那張面具之外，他什麼也想不起來。

「我還真是缺乏鍛鍊，連半點記憶都沒有也太誇張了。」他忍不住吐槽自己。有些人就算昏迷也會保有些許意識，但他卻完全沒有。

簡單來說，他就是完全昏死，任人宰割。

他起身走向冰冷的鐵牢，因為視線還有些模糊的關係，他只能用觸碰的方式來檢查。

會這麼大膽地探查，是因為他總覺得把他抓來這裡的人並不打算囚禁他，也沒有想把他殺死。

如果是前者，那麼他應該被銬得死死的，根本無法動彈；如果是後者，就不會抓住他，更不會大費周章把他丟在這種地方等死，而是應該當下就把他滅口。

他的大膽推測也沒有錯，牢籠根本沒有上鎖，他只要稍微彎腰就能從這扇只到腰部高度的門離開。

「首先還是得想辦法取得光源。」

他到處摸索，發現這地方真的非常「復古」。他怎麼樣也沒想到，竟然會找到火把和燃油，不過火把的位置高得有點詭異。

在木棍上綁著沾滿燃油的破布，找來能夠墊腳的東西，好不容易才利用火把點燃手中的簡易火炬，代替手電筒照明。

他都快要產生自己根本不在島上的錯覺了。不過，多虧這點火源給他帶來的光線和溫度，讓他的身體變得不再那麼冰冷。

「還真的半個人都沒有，沒開玩笑吧？」

他真心懷疑自己是不是被整了，但在這種地方，絕對沒有人有心情整人。

花了點時間在漆黑的地牢裡探索完畢後，左牧再次確定這裡只有他一個人，而唯一的離開方式，則是通往天花板的木製樓梯。

那裡有個像水孔蓋的東西，想要推開它得花點力氣。

「這下子想離開可能得花點工夫。」

他的包包早就不見蹤影，根本沒有武器和工具可以使用，而且在不確定上面有什麼的情況下，貿然出去是相當危險的。

但就算他想等人下來，把他丟在這裡的人也不見得會回來，要是他就這樣餓死在這裡也沒什麼好奇怪的。

就在左牧思考著該怎麼離開這個地方的時候，他發現鞋子底下傳來水流動的聲響。

低頭一看才發現，地牢不知道從什麼時候開始積水，而且速度非常快。

「唔！好冰！」冰冷的水讓他忍不住打了個冷顫，「水灌入這個地方的速度好快……也就是說，有洞？」

依照這個速度，大概不到幾分鐘的時間，地牢就會被水灌滿。

這下他終於明白為什麼這裡沒人看守，甚至還大膽到不把他銬起來。

因為這是「水牢」。

而且以水溫來判斷，就算沒被淹死，也會被凍死。

他抬起頭看著放在不正常高度的火把：「那就是水位線嗎？可就算水不會填滿整個地牢，我也會因為失溫而死的。」

失去溫度的身體會無法保持意識，結局依舊只有死亡。

「該死，水……水從哪裡來的？」

左牧就算想找出洞的位置，但漆黑的水底卻什麼也看不見。

於是左牧移動到牆邊，沿著牆壁行走，好不容易在水位到達胸口的時候，憑著雙腿找到了水灌入的地方。

他閉起眼睛潛入水中，用觸摸的方式來判斷洞的大小。

好在洞口不大不小，剛剛好可以讓他鑽出去。可是現在水流太過強勁，他根本沒辦法逃出去，於是只能在這裡等待地牢被水填滿為止。

「果……果然高、高度只到火把那……那條線……」

他泡在水裡，感覺到自己的嘴唇開始顫抖，好不容易取得的溫暖瞬間消失殆盡，說實話真讓他覺得有些心累。

幸好他比水灌入的時間還早幾分鐘醒來，否則他真會死得不明不白。

雙腳開始懸空，天花板也離自己越來越近，但可以清楚感受到水灌入的速度開始放慢。

他觀察火把和水位的距離，深吸一口氣，摸黑再次潛入水中，從剛才找到的洞鑽了出去。

沿著牆壁奮力往上游，過沒多久左牧就衝出水面，緊緊抓住石牆邊緣。

「呼……呼……」他顫抖著，用最後一絲力氣爬了上去，翻倒在地上，不斷喘息。

原本想著總算逃出這個鬼古堡，但當他睜開眼，看見的卻不是天空，而是天花板。

「不會吧……」

盡全力撐起身體，發現自己確實還在古堡內，不過比起剛才的陰暗地牢，這裡比較像是城堡內部。

有燈光，也有窗戶可以看到外面，更重要的是溫度正常。

「不行，太冷了。」

濕漉漉的身體沒辦法即時恢復體力，不過令人慶幸的，是他已經離開地牢。

「哈——剛才果然是在地下嗎？」

左牧不知道自己游了多遠的距離才到地面，可惜他現在依舊還沒脫離危險。

重新爬起身，他發現自己仍在顫抖，但他仍努力安定思緒，對手表說道：

「……布魯？」

「是的，左牧先生。」

他沒想過，聽見布魯的聲音居然會讓他這麼開心。

左牧垂頭嘆氣，總覺得緊張的心一下子鬆懈後，反而有種疲倦感。

「這裡到底是什麼地方？」

「您目前位於島嶼西半邊的廢棄古堡，距離您的『巢』剛好是正對角的距離。」

窗外的天色一片漆黑，左牧十分確定，現在已經超過他應該回「巢」的時間。

他靠到窗邊，看見外面隱約飄浮著一層薄霧。

他無法準確說出霧的詭譎顏色，但光是看到就讓人不想接近。

「那就是這座島上的毒霧嗎？」

「是的，建議您待在古堡內等候。」

「我就算再愚蠢也不會挑在這種時候離開好嗎？」左牧說完後，沉默半晌，摸著下巴喃喃自語，「既然這座古堡沒有受到影響，就表示這裡也是某個玩家的基地？」

沒想到從眼鏡公主那裡取得的情報，這麼快就能派上用場。

「布魯，能告訴我這裡屬於哪個玩家嗎？」

「非常抱歉，不能。」

「我想也是……那替我聯繫羅本，得先確保兔子沒有亂來。」

「這件事我無法完成，古堡與『巢』的規定相同，禁止非所有者向外通訊。」

「意思就是說，我得待在這裡直到早上，離開古堡後才能聯絡其他人？」

「是的。」

左牧回頭看著漆黑的走廊，不禁哈哈苦笑。

在敵人的領地裡，他真不知道自己能不能活著看到太陽升起。

「總之，得先離開這裡。」

左牧回頭看向自己剛才爬出來的地方，看起來是個水池，不仔細觀察，根本不可能會發現這底下連接著地下水牢。

不過這倒是讓他有點好奇，水到底是從哪裡來的？

依照高度來看，平常這裡面應該沒有半滴水，只有水漲起的時候才會變成水池的模樣。

「靠近海邊嗎……」

他舔舔嘴唇，確實有海的鹹味。

剛剛在地牢裡因為太過專注逃跑而沒留意，現在回頭想想，這座古堡似乎是建在海邊。

布魯說過這裡是西邊，和他的「巢」是對角位置。

「地理位置大概瞭解了。」左牧皺眉，「布魯，我能再問個問題嗎？」

「請問。」

「我被帶來這裡幾天了？」

「算上今天，已經是第四天了。」

左牧又嘆了一口氣：「看來我被算計了。」

他不是今天才被抓到地牢，而是綁架他的人故意算準他醒過來的時間，讓他單獨待在地牢裡面，想辦法逃出去。

這是……測試嗎？

「嗚哇，這情況相當不妙啊。」左牧哈哈苦笑，失去意識的這四天空白，沒想到會讓人如此害怕。

但是，布魯不會說謊。它是負責協助玩家的AI，而且他也相信，這座島上沒有任何人有辦法駭入並竄改它的程式。

否則像這樣毫無人性的遊戲，早就已經不復存在了。

「布魯……」

「是的，還有什麼吩咐嗎？左牧先生。」

「至少可以告訴我這座古堡裡除了我之外，還有沒有其他人吧？」

「可以。根據掃描顯示，這裡只有左牧先生一個人，其他都是野生動物的熱源反應。」

左牧愣了半晌，乾啞的喉嚨好不容易吐出字來：「野……什麼？」

「這座島上原本就有的野生物種，熊、狼或是蛇，海裡則是有鯊魚環繞，淡水處也有鱷魚群聚。」

左牧當下髒話立刻脫口而出。

「我現在可是半點防身武器都沒有，看來也不能在這邊傻傻等了，得找個地方藏起來才行。」

他一邊小心翼翼前進，一邊觀察古堡的構造。

就像布魯回覆的，這裡完全沒有半個人影，不過他也暫時沒遇到野生動物。

「吱吱——」

「媽啊！」

因為太過提心吊膽，反而變得很容易受到驚嚇。眼前有老鼠跑過去的時候，他真的以為自己要被吃掉了。

冷靜下來的左牧將臉埋入掌心，真心想死。

被老鼠嚇到尖叫還是頭一遭啊。

他靠著廚房櫃子慢慢滑下來，垂頭喪氣。

眼皮沉重得不得了，又餓又冷，還不知道會從哪冒出野獸把他給吃掉。

說實話，他好累。

這像是迷宮一樣的古堡，真的快要了他的命。

「不行，好想睡……」

這時，手表傳來細微的嗶嗶聲響，由慢漸漸變快，但過度疲勞的左牧並沒有注意到。

忽然，一陣冷顫讓他驚醒過來，睜開眼睛看向前方，從眼前黑暗的影子中透出凶惡的目光，以及不時傳來幾聲野獸的低吼。

當下，他整個人都涼了一大半，因為眼前出現的，是集體行動的五匹狼。

不知道是什麼品種，身形明顯比他還要大兩倍，幾乎跟他靠著的櫃子同高。

他想慢慢挪動身體離開，但狼群卻已經鎖定他，就連唯一的出入口和窗戶也被堵住，根本逃都逃不掉。

隨著嗶嗶聲響越來越尖銳刺耳，左右兩側的野狼張牙舞爪地朝他飛撲過來。

左牧只覺得自己要被咬死了，他緊閉雙眼，縮起身體——

「嗷嗚——」

不知道發生什麼事，他聽見一聲野狼的哀鳴，而自己卻安然無恙。

接著又是幾聲哀鳴，左牧這才趕緊睜開眼睛，發現有個男人正背對著黑夜，迅速俐落地砍殺這五匹野狼。

野狼受了傷，原本想反擊，卻被男人凶惡的目光震懾住，只能呲牙裂嘴地發出警告，掉頭離開。

左牧看狼群離開，頓時鬆了口氣。

還來不及去想這個幫助他的人是誰，他虛弱的身體就已經先被對方緊緊抱在懷裡。

這粗魯的動作還有力道，讓左牧升起一股懷念以及安心感。

他的大腦還沒搞清楚對方是誰，口中卻已經脫口而出——

「兔子……」

也許是因為緊張感一下子消失，疲倦替代了恐懼，他就這樣昏睡過去。

這段驚悚又讓他慌張不已的單人古堡之旅，就在這不清不楚的狀況下結束了。

當左牧再次醒來時，他發現自己已經躺在溫暖又舒服的床鋪上。更可怕的，是當他坐起身的瞬間，被單沿著肌膚滑落，他才意識到自己竟然全裸。

他震驚地盯著自己的裸體，接著聽見床旁邊傳來打呼聲，嚇得差點摔下來。

「果然是你這傢伙。」

左牧看見兔子緊緊抱著自己的衣服，蜷曲著身體睡在堅硬的地板上，終於鬆了口氣。

他從沒想過，再次見到兔子居然會讓自己如此安心。

回頭看著窗外，天色已亮，看來可怕的夜晚已經順利度過了。

雖說猜到兔子會找到他，只是沒想到才剛這麼想，人就已經出現在他眼前，時間計算得太過剛好，反而讓人有種不真實的感覺。

兔子身上穿的大衣，並不是以前跟他在一起的時候穿的，不但破破爛爛，而且身體上也有許多傷痕，雖然已經結疤，但還是留下了清楚的痕跡。

他不敢想像兔子在這四天裡是用什麼方式找到他的，現在他得趕緊弄清楚狀況，把缺失的四天補回來。

「喂，兔子。」左牧輕輕開口，沒想到兔子立刻就從地上跳起來，睜大眼睛盯著他看。

他不停眨眼，接著張開雙臂朝他飛撲，把他整個人壓倒在床上。

「唔！你又這樣——」左牧根本推不開他，只能任由他緊緊抱著自己磨蹭。就算他們之間隔著棉被，但全裸的左牧卻還是可以清楚感受到兔子的體溫。

他臉色鐵青，眼神死得徹底。

「別再蹭了！你到底是怎麼找到這裡的？」

兔子聽見他的問題，乖乖鬆開手，從口袋裡拿出小筆記本和筆，寫給他看。

「我跟蹤抓走你的人。」

「跟蹤？那為什麼花了四天？」

「敵人數量太多。」

「黃耀雪呢？他沒跟你一起？」

虧那傢伙把他當成恩人，信誓旦旦說要保護他，結果到頭來還是沒什麼幫助。

兔子搖搖頭，似乎也不知道黃耀雪在哪。

左牧想了下，對手表說：「布魯，我可以透過搭檔的項圈取得他的行動紀錄吧？現在調出來給我看看。」

有搭檔的面具型罪犯，會透過項圈記錄行蹤，不過僅有面具型才有這項功能，普通罪犯則沒辦法進行歷史追蹤。

這是為了監視面具型罪犯而設置的，畢竟這些人的危險程度比較高，主辦單位也會提高相對的防範措施。

主辦單位能隨時調出資料，玩家的話，則是必須近距離接觸項圈。

左牧伸手碰觸兔子的項圈，接著手表便跳出畫面和聲音。

他盤腿坐在床上看完兔子四天的行動後，面色凝重地摸著下巴，也不管自己現在是裸體狀態，起身下床。

從影像中，他明白自己在昏迷後，就被對方的面具型罪犯帶著到處跑，而兔子則是緊追在後，過程中都沒有看見或聽見羅本的聲音，看樣子應該是被他拋在腦後了。

也罷，反正羅本不會有事，別讓他跟著兔子或許比較安全。

對方的面具型罪犯數量很多，多到足以拖延兔子的行動。但兔子也很聰明，跟著其中幾個人回到對方的老窩，甚至發現敵人「巢」的位置，只不過在那之後又是亂七八糟的打架畫面，鮮血橫飛，畫面也變得模糊不清。

兔子花了四天的時間，好不容易才潛入古堡。從影像裡來看，這裡和他判斷的地理位置差不多，也許是認為不可能有人溜進來，古堡內的戒備反而異常鬆懈。

「那個叫方世承的男人果然是敵人派來的間諜，想先從我跟黃耀雪下手，博廣和這傢伙居然如此大意，出現這種紕漏，真不像他。」他邊說邊皺起眉頭，又忽然改口：「不會吧……難道說那傢伙是故意的？」

依照博廣和的個性，事實是怎樣還真的很難說。

無論如何，他得先離開這裡才有辦法知道情況，從兔子身上得到的情報實在太過有限。

「兔子，按照原路把我帶出去吧。」

他看過影像，知道兔子是從屋頂鑽進來的，以他的腳力確實能做到，而且他也已經習慣這種高空墜落的方式，不會像之前那樣鬼吼鬼叫。

兔子搔搔頭，在筆記本上寫：「**白天電網會啟動，晚上才會關閉。**」

「電網？」左牧往窗外看過去，果真看見層層纏繞在牆壁和拒馬上的鐵網，沿著邊緣可以看到通電的鐵夾正連接在高壓電上。

就算肉眼看不見電流，光是這情況也足以讓他捏了一把冷汗。

除非有辦法關掉電閘，否則就只能等到夜晚。

古堡、電網還有從窗外看見的景色，他大膽推測這裡是兔子之前說過的，三大勢力中的西側廢窟。

「嗚哇，這下真是麻煩了，又得在這裡待到晚上？」

他已經浪費超多時間，光是這空白的四天，外面的情況很有可能已經產生重大變化。現在可不是悠閒在古堡度假的時候，更重要的，是他到目前為止都沒有進食，早就餓到前胸貼後背了。

再說，就算可以等到晚上電網停止供電，卻還有密布在整座島上的毒氣，根本沒機會離開。

兔子能在夜晚自由行動的原因，是因為他有防毒面具，但他可沒有那種東西。而且主辦單位的規則也有說明，「巢」不會提供防毒面具給玩家使用。

兔子看見左牧苦惱的模樣，便走過去輕拍他的肩膀，將筆記本遞到他眼前。

「不用擔心，晚上帶你離開。」

「你想害我被毒死嗎？」

兔子眨眨眼，忽然像是想起什麼一樣地敲了下掌心，轉身從左牧破爛的衣服裡拿出一副血淋淋的防毒面具。

上面除了鮮血之外，好像還有沾著頭髮的皮膚……

「你該不會是想讓我戴上那個……」

兔子天真點頭的模樣，讓左牧的拳頭硬得發癢。

但想到兔子的方法可能是唯一的出路，他也只能百般無奈地嘆氣。

「好歹先清乾淨再拿給我，這種明顯是從別人臉上扒下來的東西，我沒勇氣用……喂，你在看什麼？」

左牧發現兔子的視線已經從他的臉轉移到他的胯間，接著露出燦笑。

不知道為什麼，左牧對這笑容感到十分憤怒，單手壓住他的腦袋，黑著半張臉，低聲對他說：「你那是什麼意思？笑我小嗎？」

沒想到兔子根本沒注意到他生氣的理由，不怕死地將筆記本翻給他看。

才瞥一眼，左牧就握緊拳頭直接朝他的腹部狠狠打下去。

明明是用盡全力的一拳，沒想到兔子的腹肌和鋼鐵幾乎沒什麼不同，反而痛得他眼淚直掉。

兔子擔心左牧的手有沒有受傷，但又怕他生氣，只能縮著身體，不知道該如何是好。

這拳打下去，左牧也冷靜許多，但絕對不是因為手指頭痛到快骨折的原因。

「總有衣服可以穿吧。」他看了一眼被扔在地上，已經爛到不行的衣服，對兔子說道：「還得找點吃的，沒時間在這裡浪費了。就算晚上這裡沒人，也不能保證白天不會有人來。」

左牧沒辦法，只能先從房間的衣櫃裡搜衣服出來穿。

沒想到打開衣櫃，看見的居然是滿滿的蕾絲裙子，他當場傻眼。

兔子湊過來，歪頭盯著衣服看。

「啊，我懂你在想什麼。」左牧無力地垂下眼眸，「這座島上沒有女人，會出現這樣的衣服根本不合理……」

左牧圍著棉被，往旁邊幾間房間查看，不出所料，全都是女人的衣服。

他實在不想繼續這樣光著屁股到處晃，但也不想穿裙子。

就在他苦惱之際，兔子拿起其中一件還算中性的褲裙套裝，塞進他的手裡。

左牧臉色鐵青，也只能暫時用這件衣服代替。

說實話，他現在真的誰都不想遇見，就算是褲裝，但也是女人的衣服啊！

為什麼上半身衣服的肩膀還要有破洞！

輕飄飄的根本沒有保護能力，就算要通風也不是這樣吧！

他寧可穿著有著奇怪圖案的短T也不想穿成這樣！

在他自我厭惡的時候，兔子耳尖聽見聲響，急忙拉著左牧躲到陰暗的角落。

左牧趴在他硬邦邦的胸前，心臟撲通撲通跳個不停。

要是真被人看見他穿成這樣，他寧可跳下去被電成焦炭。

來人是五、六個手裡拿著衝鋒槍的罪犯，其中一個手裡還拖著一個渾身無力、滿身是傷的人，其他人則是跟隨在前後戒備。

左牧皺起眉頭，看不清楚被他拖著的人是誰，但看拖曳留下的鮮血痕跡，這人就算沒死也只剩半條命。

那些罪犯沒有交談，將人拖入走廊盡頭後便往右轉。

直到聽不見腳步聲，兔子和左牧才從角落裡走出來。

「該不會是其他玩家？那人還活著嗎……」

「**活著，我可以聽見心跳聲。**」兔子將筆記本寫完遞給他看，非常篤定地點頭。

左牧相信兔子說的話，卻也陷入要不要去幫忙的窘境。

如果現在出手，肯定會惹上一堆麻煩，人不一定能救下，搞不好連他們的命都會賠上。

但如果對方是玩家的話，或許可以獲得一些線索。

另外，他也擔心那是不是跟他一樣，也是被間諜陷害抓來這裡的同盟玩家。

「你能安靜處理掉那些人嗎？」

兔子點點頭。

「那好，你過去把他們打暈。」

遵照左牧的命令，兔子以飛快的速度將人打趴後，分別綁起來藏在房間的衣櫃裡面，外頭再用繩子繫緊，免得他們醒來後跑去通風報信。

不能殺人，這點對兔子來說有點不習慣，但只要是左牧的命令，他都很樂意遵守執行。

處理好罪犯的問題後，他回到左牧和那名玩家身邊。

左牧蹲下身測量對方的脈搏，接著搖頭嘆氣，伸手將對方的眼皮闔上。

兔子聽不見對方的心跳聲，便知道發生了什麼事。

「這傢伙是方世承，看來利用完之後就直接被處理掉了。」

雖然臉腫得厲害，可左牧仍透過他的手表查出這人就是之前和他聯繫，並把「黃耀雪被抓走」的假情報告訴他的玩家。

身上的衣服都被鮮血浸濕，腿甚至被打斷，在死之前他經歷過的嚴刑拷打令人難以想像。

左牧皺緊眉頭，以博廣和他們為目標的玩家，似乎並不單純。

還沒來得及為他哀悼，左牧和兔子就聽見有腳步聲飛快接近這裡。

這聲音大到連他都聽得一清二楚，看得出來對方有多麼急躁。

「快點把人找出來！不可能連屍體都沒有！」

那聲音迴盪在整棟古堡內，左牧一聽就知道是在說他，頓時緊張了起來。

兔子攬住他的腰，帶他爬上牆壁，直接躲在天花板的吊燈裡。

他們可以看到幾個罪犯緊張兮兮地開始搜索古堡，人數越來越多。

如果只有小貓兩三隻，還勉強能在不引起騷動的前提下找機會逃走，但以現在的情況來說，被發現的話很有可能被直接殺死或抓走。

平白無故多了四天空白記憶已經夠糟糕了，他可不想再被關一次。

兔子看起來有些蠢蠢欲動，似乎不想繼續待在這裡，左牧花了好些力氣才把他安撫好。

幸好兔子會乖乖聽他的話，要是他擅自行動，只會把情況變得更糟。

「找到人了沒？」不同於其他人的冷聲詢問從底下傳來。

左牧總覺得好像在哪聽過這個聲音，皺起眉頭往下看。

那是個穿著白衣、臉上帶著詭譎笑容的男人，從他手腕上佩戴的東西，很快就能確定他是玩家。

男人垂眼盯著死去的玩家，冷哼恥笑。

「死了嗎？呵，算了，反正至少還有點用處。」

他把屍體留在原處，指揮罪犯們開始調查古堡內部。他身旁雖然沒有面具型罪犯跟隨，但左牧還是不敢大意。

不用想也知道，這個人就是博廣和聯合其他玩家想幹掉的對象。

「持有四把鑰匙不知道還會有什麼特殊權限，還是小心為妙。」他輕聲嘀咕，試圖尋找有沒有能夠撤退的地方。

當他看著那個男人時，對方忽然抬起頭，差點把他嚇死。

幸好他閃得快，加上吊燈這塊光線昏暗，應該是沒被發現。

「那傢伙看起來挺像變態的。」左牧拍拍胸口，忍不住抱怨。

兔子見左牧一個人瞎忙，便盤腿坐下，歪頭盯著他看。

「兔子，有沒有辦法能夠以不被發現為前提逃走？」

兔子點點頭，指著牆壁上的一處通風口。

左牧愣了下，為什麼在這種建築物裡面，居然會有現代化的通風口？

兔子拿出紙筆寫下：「我是從那裡進來的。」

兔子的行動紀錄，他只看到他是從屋頂溜進古堡，並沒有完整看完。一方面是覺得不能浪費太多時間，一方面也是因為他實在餓得不行，腦袋根本無法運轉。

沒想到古堡裡竟然還有通風口存在，這真的讓他驚訝不已。

「原來如此，通風口嗎……」

既然兔子都能鑽進去，那麼身形比他瘦小的自己絕對沒問題。

他先把為什麼會有通風口的問題拋在腦後，指著通風口對兔子說：「那麼我們就從那走，現在最重要的是趕緊離開這裡。」

正當左牧已經決定好撤退路線的時候，忽然看見有個罪犯靠到男人身邊說道：「邱先生，這傢伙要怎麼處理？」

「也把他關進水牢。」男人不假思索，立刻回答。

左牧探出半顆頭，偷看他們在討論的人是誰。

對方全身癱軟，任由罪犯拖曳自己的身體。

雖然臉部朝下看不太清楚模樣，但左牧還是沒辦法見死不救。

萬一是他們結盟的玩家，還是用相同手法抓來的話，他就更不可能不幫忙了。

「唔嗯……」看著眼前能夠逃出生天的通風口，左牧眉頭皺得死緊。

最後，他依舊做出了自己絕對會在事後後悔萬分的決定。

BEFORE THE END OF THE GAME

規則六：ＡＩ不會偏袒任何玩家

ゲームが終わる前に

想要救人逃跑，最佳的時間就是夜晚。

昨天他已經確定晚上不會有罪犯留在這裡，玩家也必須回到自己的「巢」，因此他們最好在古堡躲著，等夜晚降臨後再行動。

防毒面具只有一副，但對他們來說並不是什麼大問題。只要先讓對方戴著防毒面具，再讓兔子把人帶到高處就好。

毒氣的密度較高，會隨時間沉降，無法停留在高處，了解這座島的兔子可以找到安全藏匿對方的地點，而他只需要在古堡等候就好。

這計畫如果不是有兔子的話，真的很難辦到。但正因為有他那種變態似的能力，他才能安心。

白天這些人已經徹底搜索過古堡的每個角落，他知道對方會利用ＡＩ掃描熱源找人，因此他讓布魯先把他們的熱源反應隱藏起來。

布魯是服務所有玩家的ＡＩ，因此有任何命令，只要不違反遊戲規則，它都會照做。

但這種躲避追蹤方式的前提，是玩家之間必須知道彼此的行動，才有辦法奏效。

他跟兔子來到已經被罪犯搜查過的房間，暫時躲在這裡。

除了對方會觀察城堡內的熱源反應之外，他也同樣在觀察，依靠這點來判斷哪間房被搜索的次數最高，並選擇躲藏在那裡。

最危險的地方就是最安全的地方，這已經是人盡皆知的事。

古堡內並沒有儲藏食物，但兔子卻不知道從哪裡拿來麵包，塞進他的手裡。

肚子早就咕嚕咕嚕叫的左牧根本沒想太多，便大口吃了起來。

「呼，終於活過來了。」左牧拍拍肚皮，覺得滿足。

他剛才因為飢餓的關係，手都開始有點發抖，幸好肚皮沒有背叛他，在躲藏的時候沒有發出咕嚕叫聲，否則他不但人救不了人，還會賠上自己的小命。

果然在緊張的情況下，連飢餓感都沒時間去注意。

「要待到晚上？」兔子寫下問題，一臉困惑地看著左牧。

左牧嘆口氣：「必須救人，不然我的良心過意不去。」

聽見他這麼說，兔子又開懷地笑了。

「這就是我喜歡你的地方。」

「是嗎？我自己可是討厭到不行呢。」

也許是因為沒有救下許靖傑的關係，他的心直到現都在還是有點放不下。

兔子看見左牧神情不安，便拍拍自己的大腿，把筆記本翻給他看。

「要躺嗎？」

左牧的臉色難看到極點，抖著眉尾對他說：「打死我都不要。」

雖說他判斷那些罪犯會再來搜索這間房的機率很低，但還沒到能放鬆躺在男人大腿上休息的程度。

再說，為什麼要他躺兔子的大腿啊！

不但硬，躺下去也很奇怪。

但他也沒打算浪費時間等到天黑。首先，要確定地下水牢的入口位置。

這件事靠他是沒辦法調查出來的，於是他讓兔子把古堡探索一遍，自己則是待在房間重複看看著兔子的行動紀錄。

原本以為對方拖了四天才決定把他殺死，是打算利用他做其他事，但仔細看完影片後才發現，是因為兔子追得太凶殘，才會搞到這麼晚。

抓狂追人的兔子實在可怕，左牧忍不住在心裡這樣想。

「嗯?這裡該不會是……」

重複看影片有個好處，就是能發現自己原先沒注意到的地方，更不用說這些影片總共有四天的時間，整整九十六小時的影片，根本不可能在短時間內看完，他也只能看個大概。

重看第三次之後，左牧察覺在夜禁時，昏迷中的他分別被帶到兩個不同地方躲藏，這些都不是「巢」，而是像姫久峰之前帶他去的基地一樣。

而兔子則是躲在外圍，毒氣對他沒有任何影響，所以可以隨時埋伏等他們出來。

不知道是兔子的野性直覺太可怕，還是對方的行動太容易被他看穿，每當他們離開基地，兔子總是能在第一時間發現。

「還真厲害啊。」

「玩家身上的追蹤器會和搭檔的項圈連接，讓搭檔可以知道玩家的位置。」

布魯忽然開口，差點沒把左牧嚇死。

左牧啞口無言，冷冷盯著手表問：「我沒叫你，你還真自動自發。」

「我是輔助玩家的ＡＩ系統，玩家有疑問的時候，出面解答是很正常的事。」

布魯回應著，「除非您關閉我的自動回覆系統。」

左牧想了下：「這麼說的話，你還挺人性化，我在躲人的時候倒是挺安靜。」

「玩家之間的接觸屬於遊戲範疇，我不能插手干涉，因此自動回覆系統會暫時關閉，直到玩家處於安全狀態才會再次開啟。」

「也就是說，你如果突然自動說話，就表示我是安全的對吧？」

「正確來說，是表示附近沒有其他玩家。」

「呵，能知道這點就夠了。」左牧笑道，繼續把影片看下去。

約三十分鐘後，兔子回到房間，將他的「成品」遞給左牧。

「做得很好。」

被左牧稱讚，兔子相當開心，甚至可以看見他的頭上冒出愉悅的小花。

從兔子畫出的簡陋地圖，他發現地牢入口和他關著的地方有段距離。

「入口處在東北方，出口則是在西北方嗎？嗯……看他們的反應，應該不知道入水口和那個水池是相通的。」

就算對方知道入水口的位置和大小，也不可能隨便鑽進去看情況。

他可以確定，古堡並不是和大海直接相連，如果是的話，他早就應該被捲入大海，根本不可能活下來。

也就是說，入水口應該還連接著一個類似洞窟的高低差空間。

「毒氣沒有傳入地牢，所以那個洞窟在晚上是安全的……好，看來可以當作我們的轉點位置。」

想要從地牢入口進去恐怕有點困難，就算晚上古堡沒人，也不知道得花多少時間才能開門。

因此，他們還是只能從入水口進去。

「等到他們人走得差不多之後，再去洞窟蹲點，鑽進地牢。」

左牧下達指示，兔子則是點點頭。

「但問題就在於，我們無法確定洞窟是否和我們想的一樣。雖然很想先去洞窟那邊勘查，確保逃生路線，可是外面都是毒氣，哪都去不了。」

聽見左牧這麼說，兔子又喜孜孜地把沾著血的防毒面具拿出來。

左牧簡直氣到眼角抽搐：「打死我都不戴那個東西！」

兔子沮喪地垂下頭，又默默把面具塞回衣服裡。

長時間待在同一個地點危險性太高，所以左牧打算在夜禁到來之前，多轉換幾個躲藏地點。幸好這些罪犯真的很不會找人，一直到下午都沒有發現他們。

偷聽了幾個罪犯的討論，確定持有四把鑰匙的玩家已經斷定他逃出古堡，只留下幾個罪犯在這裡駐守，其他人則是跟著玩家離開。

以對方的行動判斷，似乎不打算浪費太多時間在他身上。這也難怪，畢竟他是沒有鑰匙的玩家，投資報酬率太低了。

古堡很大，敵方的罪犯數量很少，所以他就算大剌剌走在路上，遇見敵人的機率也很低，於是他們便不再躲藏。

左牧先去查看地牢入口，而兔子則是負責將靠近他周圍、風險性較高的罪犯除掉，讓左牧能夠安心研究這扇看起來相當沉重的鐵門。

門沒有上鎖，因為製造者用了比鎖頭更有效率的東西來當門閂，那就是「熱度」。

還沒靠近，他就已經清楚感受到門上傳來的熱度，加上又是導熱性相當強大的鐵，眼前這扇門現在就跟炙熱的鐵板沒什麼不同。

怪不得他們沒有把人銬起來，因為不管是從裡面還是外面，都無法撼動這扇門分毫。

「還是只能照原訂計畫了……」

他本來就覺得，從這扇門進去的機率不高，也是抱著僥倖的心來試試看，所以結果也在他的預料之中。

在他放棄從入口進去的時候，兔子也正好回到他身邊。

兔子一看見他就急忙把沾滿鮮血的軍刀收起來，但左牧還是看得一清二楚。

「我不是要你別殺人嗎？」

兔子知道自己做錯事，內疚地低下頭，看起來就像是做錯事被父母責怪的孩子。

「真是拿你沒辦法，要是引起別人注意怎麼辦。」

左牧舉起手表，讓布魯提供附近的熱源給他。

原以為除他們兩個人之外，不會看見其他熱點，但他卻發現有個圓點以非常快的速度逼近他們。

連聲音都還沒來得及發出，頭頂上方的石製天花板應聲碎裂，黑色影子隨著石塊墜落在兩人之間。

左牧反射性地向後退開，兔子也往另一側閃避，還沒看清楚是什麼人，眼珠前方就已經出現刀刃，直插他毫無防備的左眼。

兔子瞪大眼睛看著逼近自己的刀刃，將頭側向旁邊，以毫釐之差閃躲過去。刀刃擦過面具，發出輕脆聲響，接著兔子迅速壓低身體，反握軍刀，舉到太陽穴的位置。

就像是知道對方打算做什麼一樣，刀身穩穩擋下對方的攻擊，「鏘」一聲擦出火花，之後雙方各自往左右兩側退開，拉開距離。

短短幾秒鐘的時間，兩人就已經激戰數回合，無論是哪方進攻，如果沒有極高的反應能力，早就已經死於刀下。

左牧往後退到牆邊，盡可能和兩人拉開距離，但他並不想離兔子太遠。

雖說剛才看見的敵方熱源只有一個，卻不能保證沒有其他危險存在。

他現在什麼武器都沒有，要是被抓到的話就只有死路一條，更別說救人了。

攻擊兔子的，也是個面具型罪犯，他的防毒面具和身上的衣服相連，看起來像是一整套的防毒服裝，這還是他第一次看到這種打扮的面具型罪犯。

連思考的時間都沒有，兔子就已經和這名連身衣罪犯來回交手，他們的速度快到根本看不清楚，只能聽見聲音。

左牧根本不知道他們打起來究竟誰占上風，但能與兔子的速度不相上下，代表這傢伙很不簡單。

連身衣罪犯的攻擊，每次都是朝一刀斃命的地方刺過去，只要稍有疏忽沒有躲過，絕對會立刻斃命。但不管他怎麼進攻，就是沒辦法碰到兔子的身體。

完全外行的左牧完全不知道自己判斷錯誤，這人的速度並沒有和兔子不相上下，而是比他更慢，他的攻擊也全都被兔子看穿。

兔子反握的刀刃劃過對方的手臂。

知道自己速度不及對方，連身衣罪犯在被劃傷後立刻收回攻擊，想要再次拉開距離，但兔子卻以更快的速度靠近他的胸前，將軍刀由下而上劃過他的鼻梁。

就差一秒，若是他沒有即時將頭向後仰，恐怕他的頭早就被切成兩半。

剛才他就發現，兔子握著的軍刀銳利得可怕，無論是堅硬的肌肉還是骨頭，都能輕而易舉地切開。

該慶幸的，是他的刀沒有毒，否則他早就小命不保了。

兔子並沒有全心投入戰鬥，他一方面擔心牽連左牧，一方面也在留意是不是還有其他罪犯。

「你就是那個強得像怪物一樣的男人嗎？」連身衣罪犯忽然開口向兔子搭話，「我早就想跟你交手了。」

他撫摸刀刃，即使看不見他的表情，也能從語氣察覺出他正在笑。

那是充滿喜悅和期待的笑聲。

兔子瞇起眼眸瞪向他，光是這個眼神，就已經讓他興奮得顫抖。

「啊……真棒，好想割下你的肉……」

他忘我地睜大雙眼，話還沒說完，兔子的身影就已經閃現在他面前。膝蓋踢向防毒面具，強勁的力道讓連身衣罪犯直接滾飛到走廊盡頭的牆壁上。

石牆凹陷，碎裂的石塊落在對方的身上，可那人卻仍穩穩地站了起來。破碎的鏡片露出單隻眼睛，貪婪及瘋狂從中滿溢而出，他忍不住大笑出聲。

「差點死了啊！」

連身衣罪犯邊說邊用同樣的速度衝回兔子面前，以飛快的速度砍向他的身體。

兔子雙手手臂交叉，護住自己的身體，但卻仍阻止不了刀刃將自己的衣服劃破。

他抖了下睫毛，似乎察覺到不對勁。

連身衣罪犯笑道：「終於發現了嗎？我的刀可不像你的那般軟弱啊——」

左牧在一旁聽見這句話，立刻就知道刀上有毒。

但他還來不及擔心，就看見兔子從腰包裡拿出注射針筒，插入自己的大腿，同時伸出手，準確無誤地掐住對方的脖子。

連身衣罪犯在被抓住後，立刻將刀反插入他的手臂。

他眼睜睜看著刀刃沒入皮膚，鮮血大量湧出，但掐住他脖子的力道卻絲毫沒有放鬆，反而越來越緊。

「等、等等……唔！」

「喀」一聲，連身衣罪犯全身癱軟，不再掙扎。

兔子像扔垃圾般將他丟掉，大口喘息著。

左牧這才注意到，兔子的情況似乎不太對。

並不是毒的關係，也不是因為戰鬥太過激烈、耗費大量體力，而是他看起來異常地疲倦。

回想起兔子的行動紀錄，他終於意識到一件重要的事。

「你這傢伙，該不會……」左牧匆匆跑向兔子，想要伸手抓住他，卻被兔子緊張地閃開。

一陣火氣衝上心頭，他不管三七二十一，單手抓住他面具的帶子，讓他無法逃走。

「蠢貨！你這四天都沒睡覺嗎！」

為什麼他都沒發現，兔子藍色的眼眸底下，有著深厚的黑色。

他只想著自己的事，根本沒留意到兔子的情況，而兔子也一直在勉強自己，就因為想要保護他。

「唔……」

左牧被自己氣個半死，要是兔子掛掉的話……

正因為兔子的天真和忠誠是其他人所沒有的，他才能將遊戲進行得如此順利。而他也一直把兔子的強大當成理所當然，卻忘記他也是有血有肉的人類。

兔子看到左牧氣憤的模樣，笑彎著眼睛，將人緊緊抱入懷中。

雖然場面有點詭異，但這卻是能夠讓兔子感到安心的唯一方法。

從剛見面的時候他就這樣覺得，兔子似乎很重視「肢體接觸」。

看著兔子血流不止的右手臂，左牧撕下自己的袖子，暫時替他包紮。

「我們走。」左牧拍拍他的背，不自覺將語氣放得溫柔些。

對方放了面具型罪犯在這裡，就表示他還是覺得他有可能留在古堡，搭檔死亡，訊息會直接傳回玩家手中。

現在離夜禁至少還有四個小時，如果對方發現古堡裡的罪犯被攻擊的話，絕對有足夠的時間再回來搜索一遍。

只希望那個人別把他視為主要威脅，就當作沒看到，把注意力放在博廣和或其他人身上，這樣他們才有活命的機會。

才剛這麼想，拉著兔子的手經過窗戶邊的左牧瞬間驚訝地瞪大雙眼。

古堡的擁有者已經出現在古堡入口處，準備走進來。對方甚至還往他的方向看了一眼，嚇得左牧趕緊蹲低。

看來他真的是抽到下下籤，運氣實在有夠背。

「該死，事情開始變得棘手了。」

兔子蹲在他身旁，輕輕歪頭，聽見左牧自言自語地說話聲之後，迅速起身，拿著軍刀就要往窗外跳，要不是左牧緊緊抓住他，恐怕兔子已經衝出去大開殺戒。

「笨蛋！別這麼衝動！想把我們害死嗎？」

兔子頓了一下，乖乖跪坐在地，聽左牧訓話。

「真是……早知道就先閃人，別留在這。」

左牧也只是刀子嘴豆腐心，他當然知道現在情況不利於他，而且剛才跟著玩家進入古堡之中的，也有不少戴著防毒面具的罪犯。

兔子現在的狀況並不好，要是讓他一口氣對上這麼多人，就算他再強也無法全身而退。

普通人超過二十四小時沒睡覺，精神就會開始錯亂，但從兔子身上卻完全看不出來，所以他才會沒發現。

早在看影片的時候就該注意到的，他實在不應該了，身為飼主就應該好好照顧自己的寵物才對。

「兔子，你的體力還可以嗎？」左牧蹲下來對他說，「洞窟的位置應該在那座水池的正下方，如果可以的話，背著我爬下去。」

他逃出來的水池正下方，應該就是洞窟的位置，只不過現在已經沒有時間找道具攀爬了。

兔子點點頭，一鼓作氣將左牧橫抱起來，在走廊上飛奔。

「嗚哇！慢、慢點……你手臂還有傷──唔！」

兔子抱著左牧在走廊上狂奔，如此大的動作，當然很快就引起注意。

「在這裡！」

罪犯們很快就發現兩人的行蹤，對他們舉槍射擊。即使不是最佳狀態，兔子的速度依舊相當快，對方根本無法瞄準，只能讓他在眼皮底下溜走。

兔子從罪犯群穿梭而過的時候，左牧還能清楚聽見撞針撞擊子彈的聲響，近在耳邊的威脅感讓他臉色有些發白，但兔子的腳步卻沒有半點猶豫。

他知道左牧說的地點在哪，一心只想著要完成他交代的任務，更不用說敵人就在古堡裡，已經沒有多餘的時間邊躲邊走。

兔子的魄力讓這些罪犯啞口無言，甚至有些顫抖。

就算舉槍瞄準，也會在下一秒被抓住，單手掐扁槍口，根本無法使用。

罪犯們攔不住兩人，追也追不上。

「我們果然不是面具型的對手。」

「明明受了傷，為什麼還能有那種怪力……這傢伙根本不是人類吧！」

罪犯們你一言我一語，真心想要放棄，直到被身後的寒意嚇得瞬間直冒冷汗。

眾人慢慢回頭，看見的是帶著雪白笑臉面具，拿著手槍，以飛快速度從他們中間穿過去的人影。

所有人緊張地嚥下口水，那是他們誰都不想遇上的對手。

「封鎖出入口，今晚你們就在這裡駐守。」

幽幽的聲音傳來，讓罪犯們感到十分畏懼，他們想也不想立刻回答：「是。」

面帶微笑的男人身旁跟著三名面具型罪犯，當他一出現，周遭的氣氛頓時讓人難以呼吸，這些罪犯們根本不想多停留一秒，趕忙閃人。

男人踏著愉悅的腳步，來到倒地的連身衣罪犯面前，蹲下來，用手指輕戳癱軟扭曲的身體。

「喂，還活著嗎？」

見到自己的面具型罪犯沒反應，男人先是嘆口氣，接著從懷裡拿出左輪手槍，直接往他的喉嚨中心扣下扳機。

鮮血在地面炸開，形成一朵血腥的紅花，男人絲毫沒有憐憫他的死亡，跟隨他的另外三名面具型罪犯也沒有任何反應。

漠視死亡的態度，帶著扭曲的笑容，男人將臉埋入掌心，藏不住喜悅。

「啊啊，原來如此，怪不得毒蛇那傢伙會對這枚棋子如此執著……呵呵呵，搞得我也想得到他了。你可要把人活著帶回來，聽見沒？明碩。」

他的聲音透過手表，傳入在前方追逐兔子的白色笑臉面具的項圈裡。

面具上，彎曲的黑洞裡閃過一絲厲光。

「知道了。」

白色笑臉面具加快速度，踏著牆壁直接繞到兔子和左牧的面前。

眼看水池就在前方，路卻被最棘手的面具型罪犯堵住，這可不是什麼好消息。

這次的面具型罪犯動作相當優雅，和剛才那個粗魯的傢伙完全相反。

身形雖然比較瘦小，但能在如此短的時間追上兔子，難道說面具型全都是些怪物不成？

他舉起手槍的同時，兔子也拿出軍刀。

槍聲響起之後，切成兩半的子彈掉落在地面上。

左牧根本連攻擊都沒看到，也來不及思考，人就已經被兔子抓著繼續向前奔跑。

他單手護著自己，握著武器的右手則是和對方周旋。

每當槍口想要對準左牧，兔子就會立刻揮刀砍過去，逼得對方無法扣下扳機。

而兔子也從剛才的第一次交鋒當中，展現出自己捕捉子彈的速度與實力，如此一來對方也不會隨便開槍。

手槍和衝鋒槍不同，彈匣內的子彈有限，若不能用一個彈匣解決敵人，那麼將它作為主要攻擊武器就是相當失敗的決定。

兔子故意和對方僵持，慢慢轉移到水池左側的窗戶。

白色笑臉面具瞬間發現兔子的目的，急忙開槍，但子彈卻只打到旁邊的牆壁上，而兔子已經抱著左牧從窗戶撞了出去。

他沒想到兔子竟然會這麼做，那面牆的後面是大海，根本沒有著陸的地方。

白色笑臉面具來到窗邊，檢查周圍後，確定沒有看到半個人影，只能透過項圈回報：「抱歉，少爺，兩人都墜入海裡了。」

「你檢查過，確定不可能活著？」

「除非他們會飛，而且就算落入大海後還活著，憑這裡的海流，不可能有游上岸的機會。」

「是嗎？真可惜。」項圈裡傳來對方帶著笑意的聲音，聽起來似乎並沒有如他自己所說的那般惋惜，「夜禁時間也差不多了，回去了。」

「是。」白色笑臉面具離開窗邊，遵守命令回到自己的玩家身邊。

而此時，在正下方的海水裡卻迅速鑽出兩顆頭。

「噗哈！」左牧張開嘴大口呼吸，他剛剛還以為自己真的會死掉。

但海浪衝勁相當強大，他根本難以控制自己的方向，只能任由海浪推著自己前進。

「咳、咳咳咳……」載浮載沉的左牧，不忘尋找兔子的身影。

「兔子？你在哪？」

他知道剛才是逼不得已，而且對方絕對不可能追下來，畢竟這附近根本沒有可以著陸的地方。只不過這個決定仍是生死一瞬，萬一他們跳下去的地方剛好有暗礁的話，肯定會直接摔死，更不用說可能還有漩渦。

才剛這麼想，左牧就感覺到有東西直接把他往海面下拖去。

他匆忙地吸了口氣，之後便整個人沒入海水。

不習慣在水裡睜開眼睛的左牧只能緊閉雙眼，隱隱約約覺得有人把自己抱住，一直往前游。

在快要缺氧的時候，他終於浮出水面，眼睛還沒來得及睜開的左牧被人拖到了石頭上。

「咳咳、咳！」好不容易讓呼吸恢復平順，擦去臉上苦澀的海水，左牧這才能睜開眼看清楚自己的位置。

是洞窟。

就像他預測的，水池下方果然有個空間。

因為沒有光線，洞窟內十分昏暗，他看不清周圍，所以當肩膀被人靠著的時候，差點沒被嚇死。

——啪噠。

手電筒的燈光照由下而上照在兔子的臉上，心臟不夠大的左牧真的被嚇得不輕，伸出拳頭直接扁了下去。

兔子被打到在地，看起來沒什麼大礙，反而是出手的人一臉慌張。

「兔子！」左牧急急忙忙爬過去，確定他沒大礙之後才鬆口氣，「原來你沒事……太好了……」

兔子眨眨眼，起身後把手電筒塞到左牧手裡，還把他擺好，讓他正坐，自己則是理直氣壯地把他的大腿當枕頭躺了下來。

「你這傢伙——」

左牧還以為他想幹嘛，沒想到是打這如意算盤。

但是聽見兔子平穩的呼吸聲，全身放鬆地閉眼小憩，他也說不出什麼責怪的話，索性只能妥協。

總歸來說，兔子可是接連救了他好幾次命的人，雖然他不想讓男人躺自己大腿，可是如果能讓兔子稍微休息一下，他願意獻祭這雙腿。

有了手電筒的光線，左牧終於可以開始觀察洞窟內的情況。

洞窟的位置比他想得還要隱密，恐怕連古堡的擁有者都不知道它的存在，也就是說敵人找到他們的機率很低。

但問題是，依照海水高度、洞窟和水池的位置來看，現在還沒開始漲潮，但之後這個地方應該會完全被海水淹沒，無法久留。

「果然不能把事情想得太完美。」左牧嘆氣，「看來只能再從水池離開了。既然他們以為我跟兔子不可能活著，或許還有點機會。」

他看看手表，估算時間。

「只能讓你睡個十分鐘，可別給我賴床啊。」

這是他能做到的最大讓步，也不知道兔子有沒有聽見。

總而言之，就算只有很短的時間也好，他想讓辛苦的兔子稍微喘口氣。

BEFORE THE END OF THE GAME

規則七：毒氣由島中心向外擴散

ゲ ー ム が 終 わ る 前 に

左牧最後還是心軟了，讓兔子多睡了五分鐘。

不得不說，他的精神實在令人佩服，只是睡個十五分鐘就能恢復體力，但是睡再多也無法讓他手臂上的傷口消失。

左牧檢查了他的傷口，擦乾後繼續包著。

虧他還能夠在有傷口的情況下，如此面不改色地泡在海水裡，換做是他，肯定痛到在地上打滾。

「差不多開始漲潮了。」

下午五點十六分，海水已經慢慢進入洞窟，水位開始上升。

左牧將漲潮時間記起來，想著之後可能會用到。

「兔子，你沒問題吧？」

兔子點點頭，看起來比剛才還有精神，左牧也就稍稍鬆口氣。

在海水裡睜不開眼睛的左牧，之前是摸著牆壁逃出來的，可這回沒辦法用原來的方式，因為他們得先找到正確的洞口位置。

於是左牧讓兔子帶領自己往地牢的方向游過去，兔子也很聰明，很快就找到地牢的入水口。

水位離洞口還有段距離，原本左牧想著等水位高一點再爬上去，沒想到兔子居然直接抓著牆壁往上爬，直接鑽進地牢。

泡在海水裡的左牧傻眼，痴痴地等候著，沒過幾分鐘就看到有人被推出來，摔入海裡。

然而，那個人卻沒有浮上來，等了幾秒鐘之後左牧才恍然大悟，那人還在昏迷。

「媽啊啊啊！你害我殺人了啦！混帳兔子！」

當他大聲抱怨的時候，兔子已經跳回海裡，把沉入海底的人撈了起來。

左牧這才鬆口氣，同時也重新體會到自己的無能。

雖然他會游泳，但卻沒多大用處。

被兔子扛在肩膀的玩家的臉，他有印象，是跟博廣和結盟的玩家之一。

他雖然不認識對方，但好歹臉還是記得的。

「總之先上去再說。」

水位上升的速度很快，海水再次將他們帶往水池的位置。

左牧先爬了出去，確定沒問題之後，才讓兔子把人扛上來。

染著夕陽色彩的古堡令人毛骨悚然，但他們沒有停下腳步，因為沒過幾秒，就聽見有腳步聲靠近他們。

兔子原本想去解決敵人，卻被左牧拉住，搖頭阻止。

他們轉而帶著傷痕累累的玩家藏到房間裡，等待門口的聲音遠去。

「兔子，去調查古堡有多少敵人，記得別引起騷動。」

兔子點點頭，順勢鑽入通風口。

左牧趁著他去調查的時間，替他們救下的玩家檢查傷勢。

看起來只是因為失血過多暫時昏過去而已，不過他的身體相當虛弱，跟左牧相比真的很慘。

左牧將他身上濕答答的衣服脫掉，忽然想起這個地方只有女人的衣服，於是只能暫時將人拖到床上，用棉被裹著。

現在他終於明白兔子把他救出來的時候，為什麼要把他剝光丟到床上了。

估計這人醒來後看見自己的情況，也會跟他有同樣的反應——前提是這人真的能醒過來的話。

兔子回來後，用手比數字告訴他敵人人數。

左牧皺起眉頭，摸下巴沉思：「二十三個嗎？比想像中還多。」

以人數來判斷，對方有可能懷疑他們沒有死在海中。

「有沒有面具型？」

兔子搖搖頭。

「如果是一般人還比較好對付，雖然那張臉看起來很欠揍，卻不得不承認，他是個謹慎的傢伙。」

兔子歪頭盯著左牧煩惱的模樣，接著掏出軍刀。

不用想也知道他打算做什麼，左牧趕緊把他的手壓下來。

「我說過別引起注意吧，萬一出手的話，面具型是可以在晚上回到這裡的。而且別忘了，晚上古堡外的電網沒有通電，任何人都可以隨意進出。」

引來更多的敵人絕對不是最佳選擇，他們得小心翼翼地離開才行。

「夜禁才剛開始沒多久，越早離開越好，拖太久反而不利。」

他從兔子口袋裡掏出沾著血的防毒面具，戴在昏迷玩家的臉上，接著利用床單和棉被，把人綁在兔子背上，就像背了一個娃娃。

兩個人的話還可以從通風口離開，但帶上這個人就沒辦法了。

所以他讓行動力最佳的兔子背著，繞過巡邏的罪犯，只要能接近窗口，兔子就能順利把人帶出去，而他則會暫時躲在通風管裡等待。

雖然兔子不情不願，可是他無法拒絕左牧的命令。

他用紙筆寫下：「左牧先生是老好人。」

左牧苦笑：「真巧，我也這麼覺得。」

明明是來找人，他卻一直在幫助島上的玩家和罪犯，害他都快忘記自己來這座島上的目的了。

兔子協助左牧爬上通風口，目送他離開。

左牧照著兔子畫的通風管路線圖往前爬行，但說實在，他畫的真的糟糕，害他忍不住想著，能看懂他在畫什麼的自己真的挺厲害的。

「是這裡？」

左牧來到屋頂一處嵌在外牆的通風出口，兔子應該就是從這個地方進來的。他想了想，覺得還是先躲進房間比較安全，於是朝腳下的風口縫隙看了看，確認沒有人之後，才推開鐵柵欄，慢慢爬了下來。

一進到房間，左牧先透過門板確認外面的情況，才輕輕將門推開一小道縫隙。

走廊很暗，伸手不見五指，不使用手電筒的話根本無法前進。

左牧苦惱地關上門：「看來只能在這裡等兔子了，希望他動作快點。」

閒著沒事做的左牧，肚子又發出咕嚕聲，「說起來我昏迷的這幾天都沒吃東西，到底是怎麼活下來的？」

如果只靠注射葡萄糖來維持生命機能的話，他不可能如此有活力。

總覺得，他好像忘了什麼重要的事。

「嗯——這種感覺真令人討厭。」

盤腿坐在地上沉思的左牧，忽然聽見外頭傳來腳步聲，他緊張地站起身，緊靠在門後面的牆壁上。

「沒想到少爺會這麼提防，明明只是個菜鳥？」

「好像是因為博廣和對他有興趣的關係。」

「就算是這樣，用藥物來控制他的記憶是不是有點過頭了？」

「誰叫那個面具型追得那麼凶，聽小隊說，那男人簡直殺紅了眼。」

「嗚哇，真可怕，打死我都不想遇上他。那……該不會是他溜進古堡把人救下來的？」

「少爺就擔心會是這樣，才安排我們在這裡駐守。」

「欸，不是應該讓面具型留下來嗎？怎麼會是我們這些砲灰？」

對方聳肩：「誰也猜不到少爺腦袋裡在想什麼。」

兩人似乎只是巡邏，邊聊天邊抱怨，就這樣從左牧待的房間面前經過。

古堡很安靜，空間也很大，因此他們的說話內容可以聽得一清二楚。

等腳步聲和燈光漸漸遠離後，左牧才終於鬆了一口氣。

「控制記憶？該死……那變態到底對我做了什麼？」他忽然覺得有點毛骨悚然，不敢再繼續細想下去。

在敵人經過之後，大概又過了十分鐘。左牧開始等到沒耐心了，要是可以通訊的話，就不用這樣痴痴等待，還可以和羅本取得聯繫。

「羅本不知道怎麼樣了……」

「你是在關心我嗎？」

安靜的空間裡突然傳出第二個人的聲音，左牧嚇得張嘴大叫——但在他發出聲音之前，就先被人用手摀住，只能支支吾吾地掙扎。

「冷靜點，是我。」

左牧的心跳漏了一拍，接著打開手電筒照向身後的臉。

「羅本？你怎麼會……」沒想到羅本居然會出現在這裡，左牧還以為自己眼花了。

羅本放開他，說道：「當然是暗中跟著那隻兔子來的。」

羅本果然不簡單，沒想到他居然能跟蹤兔子，看來他真的挖到了一個很不錯的得力幫手。

「剛才我在外面遇見他，也知道你還活著的事，是他叫我進來接你的。」

羅本邊說邊拎起手裡的防毒面具，和兔子拿的不同，這防毒面具雖然有些破爛，但相當乾淨。

左牧竟然有種感動想哭的衝動。

「這是我從屍體上拿下來的。」

「光是上面沒有人肉或沾血的頭髮這點，我就要好好感謝你。」

羅本抬起眉毛：「什麼意思？」

「沒事沒事。」左牧很高興地接下防毒面具，「我準備好離開這個鬼地方了。」

「嗯，我想也是。你被邱珩少抓走四天還能活下來，根本就是奇蹟。」

羅本和左牧閒聊幾句後，又聽見走廊外傳來腳步聲。

他們趕緊停止交談，在羅本的幫助下，左牧重新爬回通風口，順利離開這座古堡。

脫離危險古堡和兔子會合的左牧，終於能夠放鬆戒備。

有兔子和羅本在身邊，沒想到會這麼讓人安心。

因為不知道救出來的玩家身分，於是便讓兔子先把人帶去正一那邊，而他自己則是和羅本待在海岸邊的洞窟裡暫作休息，順便享用著羅本替他帶出來的食物。

島雖然不算非常大，但他現在的位置和自己的「巢」剛好在對角線上，想要回去的話得穿過山脊，而且晚上可不是什麼登山的好時機。

在羅本的建議下，左牧選擇留在他發現的洞窟裡稍作休息。

就像他猜想的一樣，毒氣基本只會停留在崖上，並不會往下跑進面向大海的洞窟，更不用說這裡沒有通往島內的路，可以說是防禦毒氣的絕佳地點。

「我以前在外面閒晃到夜禁時間的時候，都會往海岸的方向靠近，就算沒有洞窟，只要靠近海岸也能躲避毒氣。」羅本倒了杯咖啡給他，並且向他解釋。

「毒氣的範圍只在島內？」

「毒氣是從島中央的塔向外擴散，所以島嶼邊緣的毒氣量不致命。」他拿起掛在脖子上的防毒面具，「就算要在外面，戴著這東西也沒辦法好好睡。」

「你說得沒錯。說起這個，我真有點佩服兔子了。」

「是啊……但面具型全都是些怪人，或許根本不在乎吧。有些人甚至只要能殺人就好。把你抓走的那個玩家的搭檔，就是屬於這種類型。」

左牧挑眉：「剛才我聽你提過他的名字，你知道他？」

「嗯，那是有持有四把鑰匙的玩家，邱珩少。上次其他玩家聯合起來對付的人，就是他。」

「果然如此。」

羅本瞇起眼睛，非常專注地盯著左牧。

「你有沒有……被做什麼？」

左牧稍稍抖了一下肩膀：「我似乎被下藥了，完全沒有這幾天的記憶。」

「那男人會使用奇怪的藥物，是一個變態科學家。」

「嗚哇，沒想居然被這麼糟糕的傢伙抓到。」

「如果兔子沒有死追爛打的話，恐怕你早就被他解剖了。那男人很怕麻煩，只對自己有興趣的東西才會異常執著。」

「你是在說博廣和嗎？」

羅本垂下嘴角：「同性相斥，那兩個人性格很類似，所以是出了名地合不來。」

「你怎麼會這麼瞭解他？」

羅本嘆口氣：「因為他是我在你之前跟隨的玩家。」

這下左牧終於明白，羅本為什麼會如此清楚這附近的地形，甚至還知道關於那個叫做邱珩少的男人的事。

「這樣……沒問題嗎？」

「那男人不可能會在乎少掉一個普通罪犯，而且我也是為了方便取得ＳＶＤ的子彈，才會留在那的。」

這倒是讓左牧想起眼鏡公主曾說過，對方有許多把ＳＶＤ，所以他們才會防備不及。

看來羅本確實是個重要的情報來源，眼鏡公主竟然還差點誤殺他。

「這四天情況怎麼樣？」

羅本頓了下，慢慢開口：「持有兩把鑰匙以下的玩家被當成主要攻擊目標，邱珩少利用他們自相殘殺，除了你跟黃耀雪之外的玩家都下落不明。」

「那我剛才救出來的人，是失蹤的玩家之一？」

「應該沒錯，有兩把鑰匙以上的玩家比較不好對付，所以他才會先從好對付的下手。」

「這人的性格真是有夠糟糕。」

「是啊，但也無法否認，他是個棘手的男人。」

左牧提眉問道：「既然你說你之前是他的人，那你應該知道些什麼吧？例如他的計畫？」

「你懷疑我是不是知道他買通和博廣和合作的玩家，對你們這些菜鳥下手？」

左牧沒有直接說出口，但他的態度相當明顯。

羅本並不怪左牧這麼想，換做是他也會有同樣的疑問，但是——

「很抱歉，我並不知道。邱珩少只會把計畫告訴他身旁的親信，可惜我並不是。」

他認為左牧的懷疑是正確的，而且他也早就做好心理準備，知道這件事的左牧會和他解除搭檔關係。

成為邱珩少的搭檔花了他不少時間和力氣，如果被他知道他跑去投靠其他玩家，肯定再也回不去那個團體，搞不好還會被追殺。

跟隨邱珩少的罪犯會對他如此忠心，就是因為大家都知道，他是最有贏面的玩家。

每個人都想離開這座島，為此投靠強者，是理所當然的事。

「其實我從剛來這裡的時候就在懷疑一件事，島上的勢力大小不一，為什麼仍有罪犯願意成為菜鳥玩家的搭檔？」

無論是普通罪犯還是面具型，都是為了離開這座島而努力活下去，既然如此，選擇成功率較高的玩家不是比較有利？

羅本面色凝重地垂下眼簾：「那是因為有些人根本不想離開。」

「……認真的嗎？」

「在外面社會犯下罪行的人，怎麼可能會想回去？至少在這裡，只要遵守規定就能活著。而且在這座島上不單單只有殺人犯，竊盜、詐騙、唆使、過失殺人……每個罪犯都是因為不同的罪行而被送到這座島。但這僅限於像我這樣的一般人，面具型跟我們完全不同。」他邊說邊皺起眉頭，「老實說，我根本不知道那些面具型在想什麼。不過面具型和我們最不同的地方，是他們沒有歸宿，也被禁止進入一般罪犯所在的安全區，如果沒有玩家的話，就只能像野生動物一樣在島上亂竄。」

左牧想起和兔子初次見面時，他帶自己回到的洞窟。

看來並不是他自願當山頂洞人，而是因為他們根本沒有居住的地方。

「沒有食物跟保護，換成普通人的話根本不可能活下去。所以大家才會說面具型罪犯都『不是人』。」

對於這座島上的罪犯，左牧還有很多不知道的情報，也許這些面具型罪犯選擇玩家是沒有理由的。

面具型罪犯一旦選擇玩家，就必須永遠成為玩家的人。

「說起來，玩家可擁有的面具型罪犯人數有上限嗎？」

「這我不可能會知道吧，你才是玩家。」

「說的也是，問你好像沒什麼用。」左牧雙手環胸，盤腿坐在地上，皺眉盯著羅本。

被他看得有點不太自在的羅本，忍不住開口：「你幹嘛？」

「沒什麼，我只是在想，你不惜拋棄這麼強的玩家來到我身邊，那麼我也該報答你才行。」

羅本嘆了口氣，將他的頭往下壓了壓：「反正你跟我的目的一樣，互相幫忙也沒什麼。」

「哈哈哈，什麼嘛，原來你也是個老好人？」

「別隨便塞好人卡給我。」羅本順勢把他的頭壓在自己的胸口上，輕拍他的背部，「不要硬撐，我看你的眼神都開始渙散了，安心睡一會吧，我會好好替你把風的。」

「真讓人安心啊。」

羅本說得沒錯，他的體力確實已經到達極限，不知道是不是因為逃出古堡，緊張感一下子消失無蹤的關係，疲倦幾乎要將他的身心淹沒。

除了「巢」之外的地方，他明明沒辦法如此安心，更不用說他跟羅本才認識幾天，也不能說完全信任他，可是左牧還是靜靜地閉上眼睛。

啊啊，不行了——

要是再不睡的話，他真的會死掉的。

胸口傳來平穩的呼吸聲，左牧已經徹底陷入沉睡。

羅本慢慢把人抱起來，輕輕放在他帶來的睡袋裡，看著那張人畜無害、毫無防備的睡容，溫順的羅本眼裡卻閃過一絲厲光。

下一秒，他感覺到來自背後的殺意，迅速轉過身。

他無語地看著手持軍刀抵住他喉頭的兔子，舉起雙手表示投降。

「別露出這麼可怕的表情。」

明明那隻眼睛，在看著左牧的時候溫柔得不像話，可面對其他人的時候卻又冷漠到近乎殘酷。

冰冷的刀身只是輕輕貼著他的肌膚，就已經讓他有種自己的頭被砍下來的錯覺。

兔子果然如傳聞中一樣可怕，說實在，他非常不想接近這個人。

畢竟他以前用狙擊鏡觀察他的時候，就立刻被兔子察覺，甚至回過頭來準確無誤地盯著瞄準鏡。

當時他距離兔子可是有七百公尺遠，照道理來說不可能被發現才對。

就算真的注意到，能夠準確捕捉他所在位置的機率根本是零。

從那次開始，他就已經默默在心裡記住，無論如何都別接近兔子這件事，沒想到會這麼不湊巧，莫名其妙地和他成為同伴。

不，除了左牧之外，兔子根本沒把其他人的命當一回事。

「你別緊張，我不會對他做什麼的。」

羅本還以為兔子沒把自己視為威脅，看來他錯了。

原來兔子只是想在飼主面前表現出自己接受新成員，讓飼主安心而已。

他對左牧的保護欲完全超出預料，這很有可能會成為左牧之後的絆腳石。

但現在他沒時間思考這種問題，必須先讓兔子信任他才行。就算不信任，也得讓他明白他對左牧沒有危害。

「我和你一樣都想保護他，否則就不會特地回到這裡。你應該知道我原本是邱珩少的人吧。」

看兔子對他的態度這麼抗拒，應該就是這個理由。

兔子銳利的眼眸沒有從他身上移開，但也沒繼續用刀抵住他的脖子。

他盤腿坐在左牧的睡袋旁邊，看樣子是打算整夜守著他。

這幾天他一直跟著兔子，所以很清楚他幾乎是不眠不休地尋找左牧，或許正是因為這樣，他的脾氣才會變得如此焦躁。

現下他也只能安分點，別輕舉妄動，免得左牧醒來後只能看見他的屍體。

左牧醒來後，天空只有些許亮光。

大腦第一時間想到的是日出，但看了手表顯示的時間才發現，已經是隔天的日落了。

他真的睡得很沉，完全不知道自己居然快睡掉一整天的時間。

他從睡袋裡鑽出來，左右看了下，沒見到兔子或羅本的身影。

他打算出去洞窟外頭看看情況，完全沒注意到身後有個高大的人影，眼眸閃閃發光地盯著他的後腦勺。

「嗚哇！」

忽然被人從後面摟住腰，左牧差點被嚇到心臟病發，接著後腦勺撞到硬硬的東西，痛得他說不出話來。

更重要的是，他覺得自己的身體快要被這蠻力折成兩半。

不用想也知道，抓住他的人是誰。

「兔、兔子！快點放手！」

會把他當成娃娃緊緊抱在懷裡的，除兔子之外沒有第二個人了。

兔子乖乖放開他，但臉上卻藏不住笑容，害左牧覺得有點發毛。

「你這傢伙，笑嘻嘻的幹什麼？」

兔子沒有回答，反到是回到洞窟的羅本開口解釋：「他只要看到你安然無恙就會露出那種表情，真的跟寵物一模一樣。」

左牧看他走進來，將水壺遞給自己，安心地大口灌下。

「噗哈！好喝！」

喉嚨總算舒爽了點，但飢餓感還在。

「差不多該動身了，你們倆睡得太久，現在太陽都快下山了，我們只剩兩小時多可以回到『巢』。」

「兔子也有休息的話就沒問題。」

左牧並不擔心，而且他正在考慮要不要沿著海岸線走，雖然會稍微繞點路，但至少比內陸安全。

羅本想到兔子的速度和能耐，沒有否認左牧的決定，轉身背起包包。

「走吧，現在外面很安全，而且邱珩少已經發現兩個玩家從他的古堡裡逃脫的事實，火氣正大。」

左牧勾起嘴角：「看來他以為自己的古堡是無法攻破的？」

「原本確實是無法攻破的，誰曉得你運氣這麼好。」羅本朝他碎碎念。

羅本的大媽屬性讓左牧笑得更開心了，他和兔子乖乖跟在他後頭，慢慢爬出洞窟。

花兩小時要繞回他的「巢」確實有點難度，但他們還是趕在夜禁前一秒順利進入房子，左牧也體會到什麼叫滑壘得分的感覺。

他從來沒想過自己會如此想念這個地方。

舒服柔軟的床，光是躺上去他就不想起來，更重要的是，他終於能夠換掉這身女裝了。

洗了個熱呼呼的澡、換上乾淨衣服的左牧，拖著飢腸轆轆的身體來到廚房，發現餐桌上已經擺著美味佳餚。

羅本穿著圍裙，將最後一道烤雞端上桌的時候，左牧早就已經狼吞虎嚥地吃了起來。

「我這輩子沒吃過這麼好吃的東西！」

「……你給我吃慢點，至少別用手抓。」

羅本親手做的飯菜真的好吃到不行，兔子也窩在自己房間裡吃得相當滿足。飯後甜點是冰涼的涼圓，說真的，左牧沒想到羅本竟然連這東西都做得出來。

女子力超高，可以嫁了。

「果然還是熱水澡舒服啊——」左牧覺得自己完全復活，舒服地窩在沙發裡，慵懶地看著電視。

剛洗完碗盤的羅本經過沙發後面，狐疑地盯著他看：「你是不是快忘記自己正在參加該死的殺人遊戲？」

「才沒忘呢——」已經軟成一灘泥的左牧，聲音也十分慵懶。

羅本搖搖頭，索性把他丟在那，回到自己的房間。

這幾天，他也是被這兩人折磨得沒辦法好好休息，雖然現在暫時脫離危險，也不見得明天就能安然度過。

但看左牧的態度，似乎早就不把這場遊戲當回事。

趴在沙發上的左牧意識昏昏沉沉，電視還在播放影片，然而他卻已經進入夢鄉。

在他睡著後沒幾秒，螢幕發出訊息通知的聲響，但不管響了多久，左牧都沒有反應，仍陷於夢鄉之中，睡得香甜。

直到半夜他被冷醒後才發現，那是正一給他的留言。

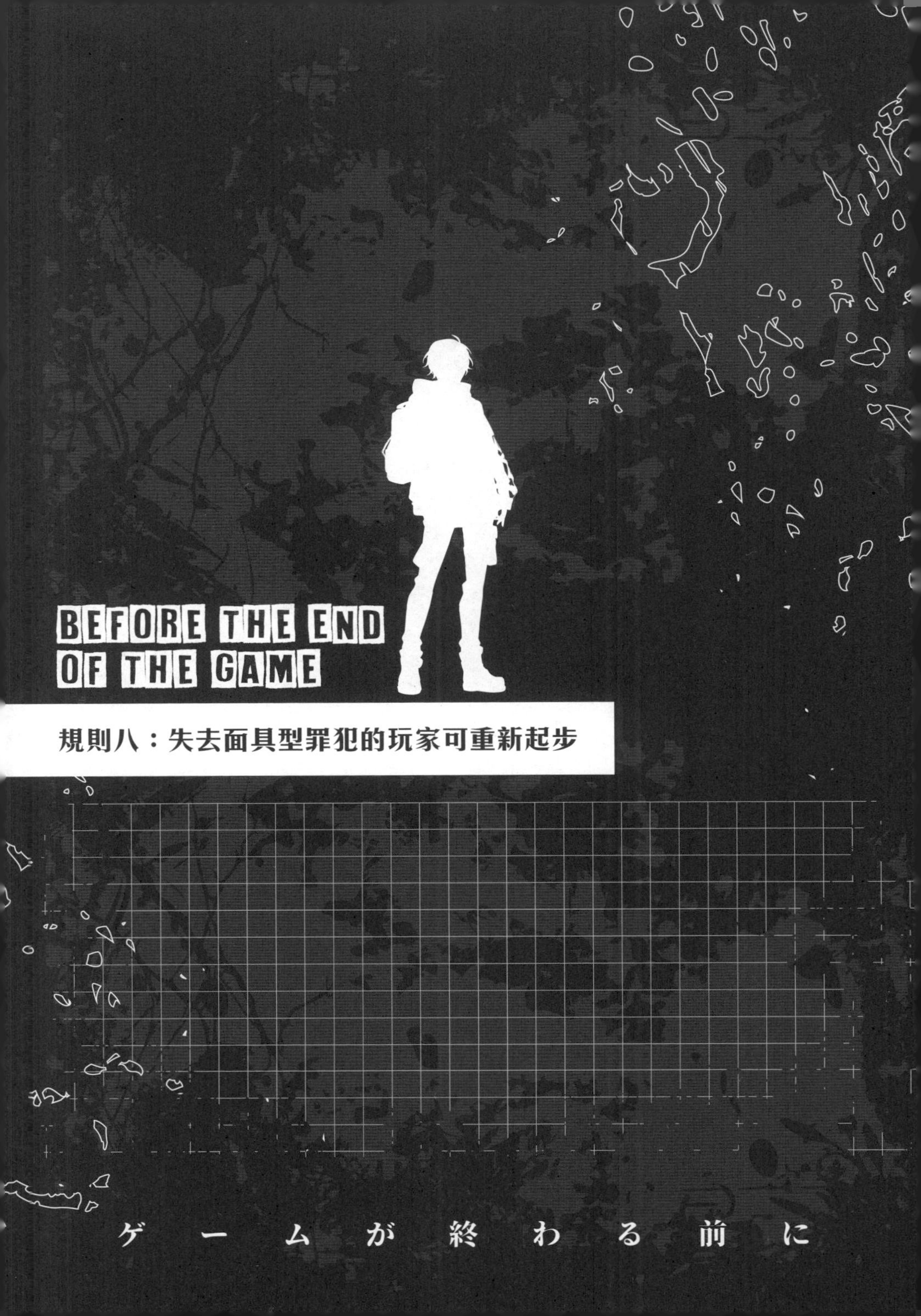

BEFORE THE END OF THE GAME

規則八：失去面具型罪犯的玩家可重新起步

ゲームが終わる前に

事。

左牧和正一見了面，安全起見，他們約在正一的基地前會合。

見到羅本的時候，正一並不太意外，因為他已經先從姬久峰口中知道羅本的事。

「你就是羅本？」

羅本挑眉盯著他，沒有回應，反而是左牧負責開口。

「嗯，我覺得他挺有用的，所以留在身邊。」他先向正一打一劑強心針，「不用顧慮，他已經是我的人了。」

「那麼，你知道他之前的搭檔是誰嗎？」

「當然知道。」

「這樣嗎……」雖然還有話想說，但正一最後仍選擇沉默，轉身領著三人走進屋內。

正一的基地跟他見過的都不太一樣，不是像牢房般的堡壘，也不是令人毛骨悚然的古堡，而是在森林深處，靠近瀑布倚著岩壁蓋成的別墅。

「這裡以前是玩家廢棄的『巢』，我覺得拆掉很可惜，就申請拿來使用了。」

「你還真會挑地方。」

看見左牧帶著兔子和羅本來正一的基地作客，梟反而不太高興。

羅本和他對上眼，想釋出好意，但梟卻不理他，兔子則是友好地勾住兩人的脖子，稱兄道弟地給他們來個大擁抱。

「唔！你這混帳……別隨便碰我！」

「脖子……脖子要斷了……」

兩人的反應天差地別，但看在左牧的眼裡，就只是小屁孩在打鬧，他的注意力一直都放在正一身上。

畢竟他可不是大老遠跑來這裡喝茶聊天的。

「你救出來的玩家，是跟我們結盟的人沒錯，但現在的情況對他極度不友善，我只好先把他藏在這裡。」

左牧立刻就反應過來：「是邱珩少安排在我們這的臥底嗎？」

「看來你已經知道了。」

「嗯，那個叫方世承的玩家也是臥底，雖然我沒有被他的謊話欺騙，但多虧他把黃耀雪嚇得不清，害我被抓。」

「其實我挺慶幸他抓走的是你，如果是黃耀雪的話，恐怕早就沒命了。」正一一臉正經地說出這句話，完全不像是在開玩笑。

這麼說雖然有點奇怪，但左牧卻十分認同正一的觀點。

因為正一知道有兔子在，大幅提高了他順利逃脫的機率，黃耀雪身旁的面具型罪犯可沒有兔子這麼厲害。

「他既然也是玩家，應該會有面具型的搭檔，他人呢？」

「在裡面的房間休息，我帶你去。」正一邊說邊搖頭，「他被抓走的時候，搭檔被邱珩少的面具型罪犯殺死了，我跟廣和趕到的時候，只看到他的搭檔以及跟隨他的罪犯們的屍體。」

「趕到？什麼意思？」

「他發現自己被邱珩少利用，所以把這件事告訴我跟廣和，希望能夠得到保護，但在聯絡我們之後，他就被抓走了。後來沒過多久，你就把人帶來給我了。」

「也就是說，他發現方世承被抓走，立刻明白那就是自己的下場，才會轉而向你們求助。」

「簡單來說就是這樣。」正一嘆口氣，「現在的情況，把他一個人扔出去，他絕對活不下去。」

「你想幫他的話，梟百分之百會反對。」

正一忍不住笑出來：「你還真了解他，確實，梟反對這件事，還跟我鬧脾氣，但我覺得這種時期，減少玩家人數對我們來說並沒有好處。」

「你應該知道，邱珩少並沒有把弱者當一回事吧？」

「嗯，那男人的個性就是會先從強者下手，除掉最強的，要收尾就不是難事。所以我跟廣和才沒想到這次他會先對沒有鑰匙的玩家開刀。」

左牧一直覺得邱珩少和正一跟博廣和挺熟稔的，但為什麼最後會成為敵人？也許是有內情，也許是因為長期競爭之下，彼此之間已經產生裂痕。

「你的情況不是也沒好到哪去？」左牧挑眉問道，「連自己都快顧不了了，還想幫別人？」

「不用擔心，我已經有新的面具型罪犯搭檔，只要拜託他再幫我找個面具型來給那個玩家就好了。」

左牧有些意外，沒想到正一的速度居然這麼快。

但他仍半信半疑地對他說：「你不相信梟和李克之外的人，這樣隨便挑選搭檔沒問題嗎？」

「這座島上還是有很多希望和玩家成為搭檔的面具型罪犯，總會有適合的。」

「也就是說，玩家的搭檔人數是有上限的？」

「一般的罪犯沒有限制，但面具型的最多只能有七個。」

「七個嗎……人數挺多的。」

「確實，不過玩家很少會保留這麼多面具型罪犯在身邊，畢竟不知道身分底細，被反殺也是有可能的。」

危險的武器帶太多在身邊，不見得安全。

左牧可以理解，說實在，他也不會放這麼多犯過罪的人在身邊。

畢竟，面具型的罪犯是無法知道底細和他所犯下的罪行。

正一悄悄在他耳邊說道：「大多數的面具型罪犯都是犯過殺人案的，記住這點對你沒有壞處。」

左牧聽得出來，正一是想要提醒他別太過信任兔子。

表面像隻可愛的小兔子，但實際上是什麼樣的野獸沒人知道。

左牧笑了笑，將他的話左耳聽右耳出。

「我拚死救下的那傢伙，有沒有提供什麼情報？」

正一搖搖頭，推開裡面房間的門，側身讓左牧進去。

兔子和羅本原本想跟，然而卻被梟擋在門口。

兔子非常不爽地瞪著他，梟也沒打算退讓，龍虎對望燃燒起的熊熊火焰，讓羅本在旁邊看得直搖頭。

「兔子、羅本，你們在外面等就好。」左牧看他們兩個人感覺要打起來，便直接下達命令。

兔子的臉立刻垮下來，看得出他相當不願意，可是卻又不得不接受。

羅本向左牧示意，讓他安心進去後，站在中間當和事佬，免得這兩人真打起來。

有羅本在，左牧倒是不擔心兔子會出問題。

他靠近床邊看著那張慘兮兮的臉，要是他沒有兔子幫忙的話，可能也會是這副慘樣。

「你想要幫人幫到底嗎？」左牧疑惑地問正一。

正一笑道：「我知道你肯定會懷疑，因為我對你說過，當『好人』沒好處。但既然你把人交給我，而且他也曾向我求助，那麼幫他一把也不是問題。畢竟要是沒人幫忙，我早就死了。」

「……我可不打算把『爛好人』這個習慣帶到島上來。」

「有什麼關係？這是你的優點，也是這座島上的玩家所缺乏的。真要說的話，主辦單位真的太變態了，設計出這種鬼遊戲。」

「說起來，我沒問過你為什麼要來這座島？」

正一沉默幾秒，才慢慢開口回答：「這座島上的玩家分成兩種，一種是自願來玩殺人遊戲的變態；另一種，則是沒有選擇餘地的社會敗類。」

左牧垂下眼來，看正一的表情，很明顯是把自己視為後者。

「我是為了錢來當玩家的。」

「是嗎？」左牧勾起嘴角，「那你覺得我是屬於那一種？」

這個問題把正一問倒了，他有些猶豫，直到最後都不知道怎麼開口。

「我才想問你到底是來幹嘛的。」

「我覺得自己是有點變態的社會敗類。」

左牧輕鬆的態度，差點讓正一笑出來。

他不知道左牧這話是真是假，但他確實和以往來到島上的玩家有很大的差別——因為他完全不把「搶奪鑰匙」當一回事。

「唔嗯……」床鋪傳來的呢喃聲，打破了兩人之間的輕鬆氣氛。

正一蹲在床邊仔細觀察，搖搖頭說道：「身體的傷可以恢復，但精神上受的創傷很難，他經歷過的事會讓他一直沉浸在恐懼中。」

左牧沒說話，一把拽起對方的衣領，用力往他臉頰拍了兩掌。

響亮的巴掌聲迴盪在房間裡，正一看傻了眼，而左牧倒是一點也不打算對病人溫柔。

「老子冒著生命危險把你救回來，還有時間在這邊給我睡覺？信不信我再把你丟回那個鬼地方！」

「嗚哇！對、對不起！拜託饒了我——」這人瞬間清醒過來，慌張地大喊大叫，眼淚跟鼻水一下子就噴了出來。

左牧皺起眉頭，鬆開手，看著他手忙腳亂地窩到角落，蜷起身體瑟瑟發抖。

正一所說的「精神上的創傷」，應該就是指這麼回事吧。

「怕成這樣，還能參加之後的鑰匙任務嗎？」

「不說任務，連活下去都有問題。」正一理直氣壯地回答，並嘆了口氣，「說實在，我有點懶得處理這個爛攤子，但又有點不忍心。」

「暫時讓他待在這裡一陣子，照你原本說的，先給他安排面具型搭檔，讓他至少能得到基本保護。」

「之後呢？」

「那就不是我你的責任了。我們保住了他的命，如果他還想活下去，最好就乖乖照顧好自己，無論是你或者是我，都沒有當保母的義務。」

左牧有點不好意思把這爛攤子全都丟給正一，而且如果本人都沒有活下去的意念，幫著他也只是浪費時間，對誰都沒有好處。

那個人聽見左牧和正一的討論之後，瞪大眼睛，神情慌張，完全無法冷靜，也無法離開充滿安全感的角落。

在確認他的情況後，左牧和正一離開房間，兔子一看見左牧，就衝過去抱住他的脖子不放。

在外人眼裡，就像是寵物見到許久不見的主人，半秒鐘都不想分開。

「噗哧。」正一忍不住笑出聲。

「別幸災樂禍好嗎……」左牧冷冷吐槽正一，順手把兔子推開。

可是就算被用力推開，兔子的手卻仍死緊地抓著左牧，要比力氣的話，他當然是不可能比得過兔子的。

「你接下來要怎麼做？」正一看著左牧，轉移話題。

「他現在想針對的不是我，而是博廣和。」

「他們倆的勢力不相上下，但現在邱珩少所擁有的資源比廣和多很多。說實話，情況對廣和不太友善。」

「勢力啊……」左牧摸了摸下巴，問道：「說起來，兔子曾跟我說，這座島上有三大勢力？」

「沒錯，廣和和邱珩少，以及之前被殺死的玩家。直到不久前，他們都還是島上實力相當的玩家，也因此很難對彼此出手。但現在邱珩少收編了死亡玩家的從屬罪犯和領地，說嚴重點，這座島有三分之一都是他的。」

左牧垮下臉來，情況比他原先預料得還要糟糕，這根本已經可以算得上是「島主」了吧。

「敵人不好應付啊……」聽完正一的解釋，左牧陷入沉思。

他不太確定現在該怎麼做，但要是整座島幾乎都被邱珩少控制，那他的行動就變得非常困難。畢竟那個變態和博廣和不同，是個喜歡虐待人、殺人不眨眼的可怕傢伙。

親眼看到他開槍打死方世承，連表情都沒有任何一絲動搖，這可不是普通人能做得到的。

邱珩少的態度就像早已習慣槍聲、鮮血以及屍體。

左牧忍不住嘆口氣：「唉，我還以為這遊戲只要專注應付主辦單位就好，沒想到內憂外患，簡直要把人逼瘋。」

正一覺得他形容得挺貼切的，忍不住笑了出來：「不管你的決定是什麼，只要記得我是站在你這邊。」

離開正一的基地，左牧三人走在樹林裡。

兔子依舊黏滴滴地跟著他，羅本則是皺起眉頭，心情看起來不是很好。

左牧回頭問道：「你幹嘛一副世界末日的表情？」

「我不喜歡那個男人。」

「呵，真巧，我也不喜歡。」

左牧的回答讓羅本有點驚訝：「但我看你們的互動挺和平的，還以為你們是朋友。」

「只是湊巧救過他一次，而且我不覺得正一會像黃耀雪那樣，真把我當成救命恩人。」

左牧心裡很清楚，這座島上的玩家全都不是什麼心地善良的好人。

他沒有能夠信任的人，包括兔子和羅本在內。

所以他必須時時刻刻想好退路和應對辦法，否則真的有可能會被殺死。

「這次被邱珩少抓到，是我太大意了。雖然猜到可能是對方的陷阱，但沒有留意他可能會反過來利用其他玩家，這是我的疏忽。」

羅本鬆了一口氣，說道：「我怎麼覺得是那個姓黃的太傻，才把你害成這樣。」

「別說了，再說我頭又要痛起來。」左牧實在不想和黃耀雪聯繫，但姑且還是讓正一轉達他平安無事的消息。「如果他還有點頭腦的話，應該暫時不會接近我。」

羅本雙手環胸：「我覺得那個人應該還沒笨到這麼離譜的程度。」

現在危機暫時解除，卻不代表他們可以開始當個路人。

羅本看左牧已經想好接下來的安排，便問道：「你該不會想除掉邱珩少？」

左牧知道自己還有工作在身，但前提是他得活著才有辦法領到薪水。

「現在不是找人的時候，正一剛才說了，邱珩少擁有將近三分之一的領地，如果不先把他的勢力拆散，之後會很難行動。」

「我明白你的顧慮，但你一把鑰匙都沒有，最好還是先旁觀，我可不想再冒著生命危險救你一次。」

「讓強者自相殘殺，之後再替他們收屍嗎？」

「這是最好的辦法。」

「呵，確實，但我不喜歡這種懦夫的做法。」

「是你說要想辦法保命的。」

「我會好好活著，但我需要先把邱珩少的計畫弄到手。」

羅本知道自己說服不了他，乾脆順著他的意：「那你打算怎麼做？」

左牧拿出手機，確認目前存活的玩家人數。

「現在還有十一個玩家，我們這邊的話，扣除死掉的叛徒方世承，還有已經沒戰力的傢伙之外，應該還有七個人。單就人數來說，我們還是占上風，問題就在於對方的『武器』比我們要好太多了。」

他邊說邊往下滑動，似乎是在找什麼。

「他既然敢誇下海口，說要幹掉我們其他玩家，就表示他有足夠的實力和把握。也就是說，他有充足的情報來源，但他沒有強力進攻，而是選擇逐一擊破，除了靠叛徒提供情報之外，我猜他的人裡面應該有擅長藏匿蹤跡的罪犯。」

羅本有點佩服左牧，普通人在經歷生死關頭後，很難在短時間內恢復冷靜，更不用說左牧還是剛上島沒多久的菜鳥，態度反而像是已經待在這裡很久的玩家。

他不禁脫口說道：「你這傢伙，一點也不像普通人。」

左牧勾起嘴角，把他的話當成讚美，笑著說：「這句話別對我說，兔子才比我更不尋常。」

「你們還真合適啊。」羅本打從心底這麼認為。

聽見羅本的讚美，兔子相當開心，因為他把自己和左牧放在一起，於是樂得用手臂勾住羅本的脖子。

被兔子親近是好事，但這怪力簡直要了他的命。

「唔！」

「兔子，你快把他脖子扭斷了。」

左牧好心提醒，這才讓兔子乖乖鬆開手，急忙向羅本彎腰道歉。

羅本輕咳兩聲，摸摸自己的脖子。

與其說生氣，倒不如說是鬆了口氣。

「沒事。」

「你們相處不錯，對我來說是好事。合作的時候也很有伙伴的感覺，看來我沒看走眼。」左牧雙手扠腰，站在前面回頭看兩人。

兔子笑彎著眼，頻頻點頭，而羅本則是垂下眼睛。

「你應該沒忘記，我為什麼和你合作吧？」

報。」

「沒忘。」左牧收起笑容，「先把邱珩少這個問題解決掉，之後再來交換情

左牧從邱珩少的古堡裡逃出來的事，很快就傳入其他玩家耳中，但另外一個玩家卻像憑空消失般，沒人提起，也沒人在乎，包括和他結盟的博廣和。

「真不愧是我看上的男人，你果然有一手。」

「廢話少說，我可不想浪費時間跟你寒暄。」

隔天夜禁時間，左牧在「巢」和博廣和聯繫上。

這是他第一次主動打電話給他，但應該也是最後一次，而且他已經開始後悔了。

「你應該知道自己被盯上了吧？」

「當然知道，他的人一直在我的基地外面徘徊，就連『巢』附近也不放過。」

「聽起來挺棘手的，其他人呢？」

「你難道不該先擔心我的安危？」

「我就不相信你會有什麼問題。」

「呵，真了解我。」博廣和眼看自己的調侃被左牧無視，只好乖乖回答他的問題，「阿峰和日偉沒問題，他們能夠保護自己，被你救回來的何尚，因為沒有

威脅，不會被他放在眼裡，至於剩下的人……」

「表面上是失蹤，但應該都死光了吧。」

目前來說，消失不見的都是持有兩把鑰匙以下的玩家，其他玩家反而安然無恙。

臥底計畫沒有幹掉任何一個多鑰匙玩家，是邱珩少的失誤，不過對他來說並沒有什麼太大的區別。

「屍體沒有找到是正常的，邱珩少的地盤裡有很多可以藏屍體的地方。」

主辦單位確認玩家死活，只需要靠手表就可以知道，然而屍體能不能完整拿回來，就要看各人造化。

除非像他的委託人那樣，堅持要找到失蹤的玩家，主辦單位才會有所行動。但左牧有點懷疑，屍體廢棄廠的「守墓人」會不會主動去找尋那些屍體？

「左牧先生，你真是命大，但也就可以暫時不用擔心安危了。」

「我可不這麼認為，順利從他自以為堅不可摧的古堡裡逃脫出來，對他來說是個汙點，他應該恨不得除掉我才對。」

「但聰明人不可能會再次無緣無故加入戰局，我想他大概認定你不會再出現了。」

「如果你掛掉的話我才麻煩，我可不想被人針對，所以給我好好活著。」

「嗯，畢竟他是個變態，還是個跟蹤狂。」

「你有資格說別人嗎……」

「呵，左牧先生大可放心。」博廣和笑瞇著眼，看起來和狐狸有幾分相似，「我不會讓他再把你抓走的，想跟我搶人，門都沒有。」

「不好意思，我不是你們任何人的東西，別在本人面前說這種討人厭的話行不行？」

左牧用力咬碎嘴裡的洋芋片，把氣出在可憐的零食上，但博廣和卻對他的憤怒一點也不在意。

「別跟我客氣。」

「我沒在跟你客氣，離我遠點。」

「先別說這件小事了，我有點事想和你商量。」

「小事？」左牧挑眉，但沒有繼續和他吵下去，問道：「你想商量的絕對不會是好事吧？」

「再這樣下去也不是辦法，所以我打算挑起戰爭，在他把注意力集中到我身上的時候，你的人再去暗殺他。」

左牧張著嘴，表情呆滯地盯著他看。

過了幾秒鐘後他才開口：「你是傻子不成？想讓我當黃雀？」

「因為你的人絕對有能力可以做到這點。」

「兔子確實可以，但成功機率太低。那傢伙身邊有個很可怕的面具型罪犯，我和兔子好不容易才從他手下逃脫。」

「我不是在說那隻兔子。」

左牧再次愣住，眉頭皺得死緊：「……你這混帳。」

他這時才會意過來，原來博廣和是想依靠羅本的狙擊能力。

看來姬久峰已經把羅本的底細一五一實地告訴他了。

「在他狙擊的時候，只要有兔子在，就能保護他，這兩人可以說是能夠互補的最佳拍檔。你不這麼認為嗎？左牧先生。」

「我沒打算命令他們去殺人，那兩個傢伙只要盡全力保住我的小命就好。」

「哈哈哈哈哈——」聽見他說的話，博廣和忍不住大笑出來，「你在說什麼啊？他們可都是罪犯，犯罪、偷竊甚至殺人，全都是他們的拿手好戲，根本用不著替他們擔心。」

左牧知道博廣和是個個性很爛的傢伙，只是親耳聽到他不屑的鄙視還是讓他拳頭硬硬的，很想用力扁下去。

「你身邊不可能沒有那種能力的人在，別想把我拖下水。」

「有是有，但邱珩少也知道我手裡的牌，不可能不派人去盯梢，要是我派他們出手的話，邱珩少馬上就會注意到。」

「你可以找眼鏡公主或其他人，總之別把這鍋丟給我背。」

「噗——眼鏡公主？」第一次聽見這個形容，博廣和很沒形象地噴笑出來，差點消失在螢幕前，「左牧先生真幽默，居然叫久峰眼鏡……眼鏡公主……哈哈哈哈哈！」

左牧被他笑得很不爽，臉上浮現青筋。

「總之你去找別人，我不幹。」

「那麼——這樣如何？」笑得差不多的博廣和，忽然向他提議：「你幫我這個忙，我就把情報分享給你。」

「情報？」左牧有些感興趣地抬起眉毛。

再怎麼說，博廣和的情報網依舊是數一數二，所以他不認為博廣和是隨便說說。而且博廣和也很清楚，要是他說謊騙人，好不容易取得的信任就會瞬間瓦解。

他沒那麼傻，用一個謊言賠掉這份信任，怎麼想都很不划算。

「你憑什麼認為我會需要你的情報？」

「我知道你在找人。」接著，博廣和開口說出了一個名字，讓左牧當場瞪大雙眸。

他想保持冷靜，但表情神態卻已經露陷，博廣和頓時露出狡詐的笑容。

了。

「你會來到這座島，果然不是偶然。」

「混帳……你為什麼會知道我替誰工作？」

他真該慶幸羅本和兔子沒聽見他和博廣和的對話，否則他的老底都被掀飛了。

抓到左牧把柄，倒是讓博廣和相當愉快：「原本只是懷疑而已，沒想到是真的。看來光是得到我的幫助，那位黑道大哥還是不滿足啊。」

左牧冒出冷汗，心中警鈴劇烈敲響——

難道說，委託人說的另外三名玩家之一，就是博廣和？

BEFORE THE END OF THE GAME

規則九：罪犯與玩家之間無身分差異

ゲームが終わる前に

博廣和早在兩年前就已經來到這座島，他究竟是怎麼和委託人取得聯繫？

「你在想為什麼，對吧？」

博廣和把左牧的表情看得一清二楚，也可以說，現在左牧的腦袋瓜裡在想什麼，根本不用花心思去猜測。

就算被左牧狠狠瞪視，博廣和也覺得十分開心。

「那位大哥不惜送人進來和我談交易，是不是很有心？」

「別給我說廢話，你到底想幹嘛？」

「怕你誤會，先跟你說，他當時只跟我說還會委託其他人，但沒有告訴我是誰，我是猜的。」

「你跟蹤我。」

左牧不認為自己這麼好猜，更不用說他才來幾天而已，博廣和如此肯定，百分之百是他在調查的時候，被偷偷跟蹤了。

博廣和的笑容很欠揍，他似乎沒打算增加左牧對自己的好感，反而越說越起勁。

「免費告訴你，在你之前來的委託人，都被我殺了。」

左牧瞪大雙眼，不敢置信地看著他。

怪不得博廣和會把新人玩家當成目標，原來是想解決工作上的競爭對手。

「你難道就沒想過『人多好辦事』這句話嗎？」

「憑我在這座島上的勢力，就算增派一百個人來也沒用。」

「那你不殺我，反而向我坦白的理由是什麼。」

「我不是說過很多次？我看上你了。」

左牧不禁渾身一顫，寒毛直豎。

博廣和欣賞著被他逼到臉色鐵青、感覺快要吐出來的左牧，繼續說道：「只是我沒想到你會順利把羅本收下，以前我也邀請過他加入我。」

「正常人都不想跟你這個變態為伍好嗎……」

「呵，我現在倒是挺羨慕他，可以跟你住在一起，又不會被當成敵人。」

「別當著本人的面說這種噁心的話。」左牧真的很想切斷通訊，但偏偏博廣和手裡壓著他想要知道的牌。

既然他熟悉這個遊戲，也熟悉這座島，又和他有共同目標，那麼他肯定有他想知道的情報。

「幫你暗殺邱珩少的話，你要拿什麼情報來換？」

「你要找的人的死活。」那雙笑彎的眼眸雖然看不見眼珠，卻充滿挑釁意味。

他說的話有幾分真假，左牧很難把握，可他也不打算當個傻子。

「這份報酬不夠，你必須先告訴我一個情報當作訂金。」

「欸——左牧先生，你挺會討價還價的。」

博廣和沒有拒絕他的交易，他歪頭思考半晌，才決定好要拿出什麼情報作為交換。

「你知道我們在找的人，是被搭檔背叛後下落不明，對吧？我可以告訴你背叛他的搭檔的名字。」

「面具型的話，就算知道名字也沒屁用，給我照片。」

「呵，你還真敏銳。好啊，沒問題，就給你照片。」

螢幕右下角出現檔案傳輸通知，左牧看到後便下載點開。

照片上是個戴著單口防毒面具的男人，穿著的衣服看起來很休閒，完全不像殺人犯之類的危險分子。

他躺在沙發上睡覺，旁邊還有個男人向著鏡頭比出勝利姿勢，看起來十分高興的樣子，照片的氣氛相當和諧。

左牧一眼就認出跟著入鏡的男人就是他要找尋的目標，也就是那名生死未卜的失蹤玩家。

「虧你能拿到這種照片。」

「布魯拍攝的數位檔案都會上傳，只要從伺服器下載就可以了。」

「你有事沒事去下載別人的照片幹嘛？」

「這是當時我為了測試手下的人，讓他去找來的照片。事實證明，那傢伙真的很有一套。」博廣和笑得很開心，就像是在獻寶一般。

左牧知道他有個駭客手下，也就不再多問，將照片默默收下。

「這份訂金你還滿意吧？」

「勉勉強強。」左牧不想附和這傢伙，想草率結束話題，「那等你決定好什麼時候出手再聯絡我，拜。」

「欸，等等等——」博廣和見他打算溜走，急忙喊住人，「先別急著掛斷，再跟我聊個天嘛。」

但他卻只得到左牧一記冷眼，接著就被直接切斷通訊。

左牧疲倦地倒臥在沙發裡，抬起頭，正好看見洗完澡、頭髮都還沒擦乾的兔子正低頭盯著自己。

他被嚇了一大跳，差點從沙發上摔下去。

「你、你什麼時候在這裡的？」

一方面擔心他聽到自己剛才和博廣和的對話，另一方面，也怕他知道太多。

兔子默默地看著他，忽然把頭低下來，將髮旋對準他。

水滴在左牧的衣服上，原本掛在兔子脖子上的那條毛巾也掉了下來。

這是兔子對他撒嬌的方式，每當他和兔子討厭的對象說話，他總會故意貼過來黏著自己。

明明是個大人，但性格卻比孩子更幼稚。

但放縱兔子，乖乖順他的意替他擦頭的自己，也是沒什麼原則的糟糕大人。

「你又沒把頭擦乾就到處亂走。」左牧看見滿地都是水，垮下嘴角，「我不是說過很多次，別以為每次把頭靠過來我就會幫你擦！」

兔子根本沒在聽，反而非常愉快地讓左牧替自己擦頭。

因為舒服而笑彎的眼睛，看起來十分天真無邪。這讓剛泡完澡，想到廚房喝杯冰牛奶的羅本有點傻眼。

「嗚哇，果然是大型犬。」他拿著一桶牛奶，站在沙發旁邊盯著他們。

兔子對他發出咬牙切齒的磨牙聲，連眼神都變得可怕，像是要把他撕碎一般。

羅本抓抓頭髮，越來越覺得左牧應該把兔子的名字改為「忠犬小八」。

「和博廣和談完了？」

「嗯，你們出現的時機真剛好。」不得不承認，這兩個人根本就是看準他關掉通訊的瞬間跳出來的。

「畢竟是博廣和，我還是有點擔心。」

左牧嘆口氣：「要是可以，我也不想和他聯絡，但他是主要召集人，跟他說一聲還是有必要的。」

羅本笑道：「你還真是重情意，不愧是個好人。」

「拜託，『好人』這兩個字在這座島上，就是『怪胎』的意思。」

「但我不討厭你這份好意。」

羅本總是能讓左牧減輕心理壓力，有個能說話的人果然還是不錯的。

他把兔子的頭髮擦乾後，對兩人說：「接下來可能會有一場戰爭，你們要先做好心理準備。」

兔子很開心，一點也不煩惱，而羅本則是露出「總算該行動了」的表情。

「我還在想說什麼時候要反擊呢。」

「就算要反擊，也得等你跟兔子的傷好一點才行，尤其是你。」

羅本眨眨眼，有點不太高興地反駁：「用不著，我不會因為這一點傷口而影響到實力，你應該很清楚吧？畢竟我可是安全地把你給救出來了。」

「玩家的命令必須百分之百遵從，這是我的規矩，要是你不願意，大可離開。」

羅本垮下臉來：「你居然挑這種時候把規矩放嘴邊……」

「明天開始，我們在『巢』周圍行動就好，盡量不要離太遠，只需要打混就對了。」

「混？你認真的？」

「嗯，認真的。現在行動的話很危險，而且邱珩少肯定很不爽我，要是被他找到的話，我們根本無力反擊。」

兔子和羅本都是很強的罪犯沒錯，但問題是，再強再厲害的人，也無法戰勝邱珩少手中、人數眾多的罪犯。

羅本雙手環胸，嘆口氣：「好吧，就聽你的。那麼，這段時間我們來好好聊聊。」

左牧抬眼：「啊，關於『那個人』的情報就麻煩你了。」

「不用客氣，能有玩家的協助，我覺得找到他的機會也會增加不少。」

「如果到時後找到的是屍體，你也別把氣出在我身上。」

「不會的。」羅本垂下眼，「是我自己疏忽，沒有好好保護他。」

只要提起跟那個人有關的事，羅本的心情就會明顯變糟。

於是左牧沒有繼續說下去，起身催促兩人各自回房。

「先去休息吧，明天早上見。」

「嗯。」羅本轉身進到自己的房間。

兔子倒是很自然地溜進左牧的主臥房，像是理所當然一樣。

「臭兔子，你又不回自己的窩去。」

兔子笑盈盈地撲過來抱著他，兩人直接倒在床上，左牧就算想掙扎也擺脫不了這條像鎖鍊般的強壯手臂。

「唉……算了。」左牧徹底放棄。

誰叫兔子不放棄他、拚命追逐自己的執著，讓他無法狠心拒絕。

說到底，他還是把這隻兔子給寵壞了。

最近幾天，左牧讓兔子和羅本分別跟著自己。

一方面是希望兩人能夠得到充足的休息時間，一方面也是刻意把兔子支開，和羅本好好聊聊。

雖然說服兔子花了不少力氣，但最後他仍然乖乖聽從自己的命令。

這天輪到羅本和他一起行動，兩人特意回到發現ＳＶＤ彈殼的廢棄「巢」。

熟悉這棟屋子的羅本，帶著左牧來到二樓，走到走廊盡頭後，從天花板的隔板裡拿出一盒資料，以及他藏在這裡的ＳＶＤ子彈。

「你到底有多少子彈？」

「以防萬一，我偷藏不少，不只是這裡，其他地方也有。」

「分散風險？你做事真的很謹慎。」

「不這樣不行，否則我在查出事實以前，就會先被殺死。」

「你拿走這麼多子彈，邱珩少不可能沒察覺到。」

「他定期會分配子彈給手下的罪犯，我把那些都存起來沒有使用。」接著他抬起眼來盯著左牧，「上次的鑰匙爭奪任務，開槍射殺那兩名玩家的不是我。」

左牧嘆口氣：「用不著特地向我解釋，就算你說是你殺的，我也不會怎麼樣。這座島遍地都是鮮血，早在來到這裡之前，我就已經有心理準備了。」

羅本看了他一眼，沒說什麼，把盒子裡的文件遞給他：「這是我找到的資料。」

「資料？」

左牧狐疑地從他手裡接過文件夾，打開來看才發現，裡面滿滿都是紙本紀錄和照片。

這些顯然不是島上應該有的東西，更不可能從玩家手裡拿到。

「這是……調查紀錄？」

羅本點點頭：「我懷疑他還活著，只是不知道什麼理由，被主辦單位藏了起來，從調查資料裡可以看出有很多漏洞。」

左牧邊聽他說，邊翻閱文件。

確實就像他懷疑的，調查內容有很多缺失，有些地方甚至只用簡單的句子帶過，整份文件充滿敷衍意味，顯然是有人在背後操控。

「你是從哪裡拿到這東西的？」

「鑰匙爭奪任務開始前，玩家都會到中央大樓聽取規則，我就是趁那時候溜進去，拿到這些東西的。」

島中央的大樓左牧也只去過一次。

原來那裡就是主辦單位的大本營，他還以為主辦單位根本不會和他們一起待在島上，不過——

「這樣想也對。」左牧摸著下巴思索，「島上許多設備都需要近距離操控，主控室不會離這座島太遠，設在島內的機率很高。」

他之前並沒有細想過這件事，因為他滿腦子都是找人，而羅本就和他不同，不但謹慎，做事也很有條理。

「說起來，我也有件事想問你。」左牧邊說邊打開系統螢幕，讓羅本看博廣和給他的照片，「是這傢伙背叛你的玩家，導致他失蹤的嗎？」

他並不是不信任博廣和，只是認為這件事有必要讓羅本知道，而且他們已經說好要共享情報。

羅本一見到照片上的男人，立刻沉下臉：「是博廣和告訴你這件事的？」

「嗯。」左牧將螢幕關閉，老實回答：「其實這次聯手的事，也是因為他願意拿情報來換，而且這份情報是可以左右我們要不要繼續牽涉其中的主要因素。」

「沒想到那傢伙手裡的情報資源比邱珩少還多。」

「我也很意外。」左牧垂眼說道，「既然你知道是這傢伙對你的玩家出手，那你知道他在哪裡嗎？」

羅本搖頭：「很抱歉，我不知道。原本我以為像他那樣厲害的傢伙，會立刻被其他玩家接收，但自從那次事件後，他就消失無蹤。」

「那次事件？」

「就是罪犯聯手殺害玩家的事，當時他正是主謀者之一，但沒有任何人知道。結果事件結束後沒多久，他就背叛了我們所有人。」

左牧在腦袋裡排了下時間順序，嘆了口氣：「你的玩家似乎比我還要爛好人。」

「嗯，你跟他挺像的。」

「我可不會傻傻被騙，太過鬆懈的事我可做不出來。」

「也就是說，你不會百分之百相信任何人？」

左牧抬起頭，和他對上眼，想也沒想直接承認：「沒錯。」

羅本並沒有因為他的這句話而感到不快，反而欣慰地露出笑容：「這樣就好，我可不希望你和他落得同樣下場。」

「我倒是有點好奇，為什麼你會這麼執著想要找出死亡原因？」

正常來說，玩家死亡，搭檔的罪犯就會立刻尋找下一個玩家依附。畢竟在這座島上，只要有玩家作為後盾，無論強弱，對罪犯來說都是有利的事情。

而羅本不同，就像是對那名玩家有著莫名的執念，和梟面對正一的情況一樣。

如果當時正一死亡，梟恐怕也會執著地去為他復仇吧。

左牧有點不相信，這座島的罪犯真的會有這種將玩家當成主人的忠誠情感。

「當時這裡被掃射，我正好不在，雖然透過現場痕跡，我知道他們正在逃亡，但最後我只找到一個垂死的伙伴，就是他告訴我是誰背叛了我們。」

他垂下眼：「我只是想知道究竟發生了什麼事，僅此而已。」

「僅此而已……嗎？」左牧重複他說的話，勾起嘴角，「總之，不論博廣和真正的目的是什麼，他的情報都是重要的線索。而且我覺得，如果博廣和手邊有那個面具型罪犯的情報，就不會這麼慷慨地讓我知道他的存在。」

「我也是這麼想。」

「接下來，去看看我的『發現』吧。」

左牧和羅本離開這棟破爛的房子後，前往他之前和兔子找到的洞窟。

羅本看起來很訝異，似乎沒想到會有這樣的地方存在。

「我之前順著痕跡找到這裡，但卻是個死胡同。」

羅本走進洞窟，左右環伺：「不……這裡挺好藏身的，他有可能會在這裡躲藏一段時間。」

「不過這裡沒有其他路，就算想移動，也只能往島中央走。」

左牧站在洞口處，裡面的寒風讓他不想進去，總覺得比之前來的時候，還要冷上許多。

他在外面等羅本出來，接著說：「這附近兔子還算熟悉，之前我也搜索過，但沒有更多線索，痕跡到洞窟之後就斷了。」

「這樣看來，應該是有人協助他。這是我們目前能想到的最佳結論，要不然，就只能從最裡面的洞口跳入大海。」

有過親身體驗的左牧，不敢想像那會造成怎麼樣的結果。

在古堡的時候，他身邊是有兔子幫忙，否則根本不可能活下來。

尤其是這裡的海流比古堡底下的還要強勁，從海水顏色和礁岩的分布來看並不是很深，掉下去絕對會粉身碎骨，根本還沒人能夠收屍。

「你調查到的只有這裡嗎？」羅本疑惑地問，他還以為左牧的情報會比他多一些。

「嗯，之後事情接踵而來，我根本沒機會繼續調查。」

「說的也是。」

除了鑰匙爭奪任務之外，剛來到島上的左牧，本來就還沒熟悉環境和規則，要他深入調查其他事情簡直是強人所難。

他唯一能夠利用的，就是「玩家」身分。

「那麼我們先回『巢』裡一趟，得先把剛才的資料收好。」

左牧點點頭，兩人就這樣依照原訂時間回到「巢」。

兔子早就在門口等待，遠遠見到左牧立刻就飛撲過來，幸好羅本閃得快，才沒被波及，而左牧則是整個人被壓在地上，完全起不來。

「你好歹幫個忙啊！」

「有什麼關係？就當作是被大型犬撲倒。」

「這傢伙是人好嗎！」

雖然左牧偶爾也會把兔子當成大型犬看待，但並不表示他很喜歡被撲倒！死推活拉都沒辦法把兔子的臉從身上推開，左牧也只能放棄，改口命令：

「你既然想賴著我，就乾脆把我送進屋裡吧。」

兔子看不見的耳朵馬上高高豎起，開心不已地直接把人公主抱進去。

左牧已經懶得吐槽了，就連羅本都已經習慣這個畫面，根本不當回事。

回到「巢」後，左牧這才被兔子「釋放」。

三人走進武器庫，把羅本「偷」來的資料放在保險箱裡，密碼只有他們三個知道。

「放在這裡絕對安全，就算是炸彈也不見得能打開這個保險箱。」

「接下來呢？」羅本起身問道，順便把剛才取來的ＳＶＤ子彈放進自己的空間。

「去中央大樓看看，只要遠遠觀察就好。」他看著緊緊黏著自己的兔子說：「三個人一起行動，所以別再黏著我不放！」

兔子很開心，他總算能夠跟著左牧，這對他來說就是最大的獎賞。但是對左牧來說，這實在是個沉重的包袱。

稍作休息補充體力，把肚子填飽之後，三人便一起往島中央前進。

羅本和兔子找了個高處，可以俯瞰大樓之外，旁邊還有掩護用的岩石。

不得不說，這地方挺不錯的，左牧甚至默默把位置記在心裡。

島中央除了大樓之外，還有一座高塔，以及銅鑼燒般的圓扁建築。

這裡相當安靜，而且與周圍的樹林和高山都間隔著一段距離，很顯然是刻意的。

「你之前有看過這棟大樓有人進出嗎？」

「除了玩家之外，半個人都沒看見。」

「那就表示他們原本就住在裡面，或是利用地下空間移動。」

左牧最先撇除的就是空中，因為很顯眼，不可能不被發現。

「布魯，這棟建築附近是不是有紅外線安全設置？」

「是的，中央塔除了玩家集合的時間之外，都會受到地雷區以及紅外線自動槍砲臺的保護，沒有人可以從地面或空中進出。」

「果然嗎……看來想要溜進去，除非是主辦單位主動召集，否則根本不可能。」

聽見他這麼說，羅本頓時冒出冷汗：「你該不會是想找辦法溜進去吧？」

「如果真的找不到線索的話再說吧，這是最後的手段。」

羅本稍微安心下來，就算這裡真的很可疑，他也沒打算出手。

當時他進去所看到的一切，讓他徹底不願相信主辦單位，可是他並不打算把這件事告訴左牧。

知道得越少越好，這是他的個人見解。

反正，他們活著離開這座島的機率近乎於零。

正當他們打算返身離開的時候，岩石後方的空地突然傳出爆炸聲響。

因為距離很近的關係，聲音大到讓左牧整個人往前跌了一下。

「什什什、什麼鬼！」

左牧急忙回頭，發現羅本和兔子的表情嚴肅。兔子一把將他拎起，往岩石後方前進，悄悄隱藏起來。

羅本迅速架起狙擊步槍，透過狙擊鏡往爆炸揚起的煙霧看去。

「他怎麼會在那裡？」羅本的聲音聽起來很驚訝，勾起了左牧的好奇心。

「你在說誰？」

「還有誰，當然是你拚死命救下的那條爛命。」

左牧吃驚地問：「怎麼回事？他怎麼會跑到這種地方來？」

「我也很想知道，但現在不是討論這件事的時候，他正在被面具型罪犯追殺，照這速度，過不了多久就會被抓到。」羅本將視線往旁邊挪，尋求左牧的意見，「要怎麼做？」

左牧百般無奈地搖頭嘆氣，很不情願地下達命令。

「也只能幫忙了啊。」

他才剛說完，羅本便扣下扳機。

什麼心理準備都沒做的左牧，還以為會被巨大的槍響嚇到，沒想到狙擊步槍卻只傳出小小一聲撞針撞擊子彈的聲音，比他預想的小很多。

羅本嘖了聲，對兔子說：「面具型果然沒這麼好對付，都裝了抑制器還能察覺到我的子彈，看來你去會比較快。」

兔子點點頭，以飛快的速度衝下岩壁，頭也不回地往前狂奔，根本沒有要隱蔽行蹤的意思。

羅本提起狙擊槍，把槍口的抑制器取下來放入袋子。

一旁的左牧不太在乎兔子的舉動，反而有點好奇剛剛的聲音。

「狙擊槍的聲音這麼小聲嗎？」

「是裝了抑制器的關係，雖然會讓準度和威力降低，但在這座島上，隱藏自己的蹤跡比較重要。」羅本說完，回頭看見左牧傻愣地盯著自己看的模樣，便改口：「我是在說消音器，這樣你聽得懂了吧？」

「哦——聽懂了。」左牧恍然大悟。

在兩人聊天之際，兔子已經衝到何尚的身後，舉起軍刀擋下對方的攻擊。

何尚摔倒在地，臉色發青，連話都說不出來。

兔子看了對方一眼，用力把人往後推開。

這名面具型罪犯似乎沒想到會有其他人出現，但只遲疑幾秒，接著便反握軍刀，站穩腳步重新上前。

兔子沒打算給他反擊的機會，刀子直接劃過對方的手臂，輕而易舉就把他的骨頭削掉一塊。

面具型罪犯看見自己的傷口深能見骨，忍不住愣了下，但他連一句話都沒說，就直接往兔子的脖子揮刀。

兔子向後縮起身體，沒讓刀子碰到自己，但對方卻像是看穿他的動作，身體向前彎，貼到他的胸口，還用被割傷的手抓住兔子的手腕不讓他逃走。

他迅速舉起軍刀，朝兔子的胸口刺下去——

一聲槍響劃破寧靜，刀身瞬間化為碎片，也給了兔子反擊的機會。

兔子一把抓住他的傷口，直接將他的手臂折斷。

連慘叫聲都沒來得及發出，兔子的軍刀已經劃破對方的頸動脈，大量鮮血頓時噴灑而出，人也跟著倒下。

眼睜睜看著眼前的殺戮，以及沾滿血的兔子轉過頭來的可怕模樣，何尚幾乎要昏厥過去，卻搶先被兔子拎了起來。

「不、不要！不要啊啊啊！」

他的掙扎，對兔子來說沒有多大效用。

歪頭盯著何尚幾秒後，就這樣直接把人帶走，回到左牧和羅本躲藏的岩石後方。

左牧看到被他帶回來的何尚一臉驚魂未定，他雙手環胸，很不客氣地劈頭罵道：「搞什麼！你為什麼跑到這裡來？你明知道自己會被盯上還到處亂跑，下次我可不幫你了。」

已經被恐懼占滿心神的何尚，臉上的鼻涕和淚水混在一起，模樣看起來相當悲慘，但他的嘴角卻在見到左牧後，微微上揚。

「嘿、嘿嘿嘿……太好了……」

左牧看見他的表情，立刻察覺出不對勁。

當他抬起頭的同時，只見熟悉的白色笑臉面具出現在眼前——

兔子和羅本同時睜大眼睛，想反應的時候卻已經來不及了。

何尚死命抓住兔子的腳，不讓他離開，就算被兔子用可怕的殺人目光盯著，他也沒有鬆開手的意思。

何尚簡直變了個人，喃喃自語著：「這、這樣的話我就安全了……我就……我就能活下來……」

一旁的羅本則是被從旁邊冒出來的面具型罪犯由背後壓住脖子，倒在地上。

兩人只能眼睜睜看著左牧被掐住脖子，帶往岩壁下方。

「左牧！」

羅本的吶喊和兔子無言的憤怒，隨著左牧的身影消失在空曠的岩壁區中。

BEFORE THE END OF THE GAME

規則十：死亡是玩家的解脫方式

ゲームが終わる前に

左牧感覺到一陣混亂，呼吸困難。

他看著兔子和羅本消失在自己的視線範圍內，只能感覺到掐在脖子上的手令他痛苦不堪。

白色笑臉面具穩穩踩在地面上，安然無恙。

明明是從三層樓高的岩壁跳下來，他卻相當輕鬆，根本不像人類應該擁有的身體能力。

但就在他落地後沒過多久，另一個身影也從上方墜落，雙膝彎曲作為緩衝，站在他面前。

抬起頭，那隻閃閃發光的藍色眼眸淨是凶狠的殺意。

他已經讓對方得逞過一次，絕對不可能給他第二次機會。

白色笑臉面具見到兔子手裡沾滿鮮血的軍刀，只是不屑地冷哼一聲，沒有說什麼。

將抓住左牧的手鬆開後，他立刻拿起軍刀逼向兔子。

左牧跪在地上不停咳嗽，花了好幾分鐘，呼吸才總算平穩下來。

兔子和白色笑臉面具已經打得不分你我，兩人用軍刀來回攻擊，完全捨棄防禦，全是發瘋似地進攻。

這種戰鬥方式，若不是對自己的實力相當有自信，就是想要殺死對方的念頭大過一切。

事情發生得太過突然，左牧直到現在才反應過來。

「何尚……只是誘餌嗎？」

他不懂，明明邱珩少意圖殺死何尚，為什麼他還願意替他做事？

這樣他救下何尚根本沒有任何意義。

更重要的是，為什麼邱珩少的面具型罪犯全都聚集在這裡？

一個瀕死、沒有任何防禦能力的玩家，不可能派遣那麼多面具型罪犯跟在他身邊，很顯然這是故意勾引其他玩家上鉤。

好死不死，就這麼巧被他遇見。

這下別說暗殺邱珩少，他自己的小命搞不好就要賠上了。

兔子和白色笑臉面具的動作左牧根本就看不清楚，兩人的實力看起來似乎不相上下。

兔子被牽制，又不知道羅本現在是什麼情況，左牧只能盡可能想辦法自保。

他扶著岩壁慢慢往安全的地方移動身體，但卻被白色笑臉面具敏銳地注意到，朝他扔了把軍刀，準確無誤地射在左牧逃走的方向。

左牧臉色鐵青，趕緊停了下來，看著腳跟前的刀子汗毛直豎。

白色笑臉面具只花短短一秒鐘的時間處理左牧，並沒有忘記兔子的存在，他射出軍刀後，改用手槍和兔子來回過招。

槍口始終無法對準兔子的身體，而兔子的刀也怎樣都碰不到對方一根寒毛。

左牧無法離開，手邊也沒有其他應對方式，現在他只能祈禱兔子或羅本能順利打敗敵人，但照這情況來看，真的很難。

先不說兔子，羅本不是面具型，又是遠距離狙擊手，這樣的他能不能活下來都很難說。

一個雞婆的命令，導致了現在進退兩難的局面。

左牧發誓自己以後再也不當好人了，怎麼就沒好報發生在他身上呢？

「兔……兔子……」

左牧虛弱地喊著兔子，明明只是脫口而出的氣音，但兔子卻聽得一清二楚，猛然轉過頭來盯著他看。

白色笑臉面具看見兔子分心，認為是個機會，立刻縮短距離，一把抓住他的衣服，將槍口貼在他的太陽穴上。但他的扳機還來不及扣下，就被兔子用力一扯，一個過肩摔重摔在地。

手槍順勢滑出，被兔子撿了起來。

白色笑臉面具才剛抬頭，就被槍口抵住眉心。

槍聲迴盪在岩石地區，但子彈卻沒有打中白色笑臉面具。

短短不到一秒的時間，白色笑臉面具將身體壓低到幾乎貼著地面，輕而易舉地閃避子彈，接著單手抓住兔子握槍的手，壓住他的手腕內側，讓他不得不把手槍鬆開。

重新取回手槍的白色笑臉面具沒得意多久，兔子左手握著的軍刀就已經插進他的背部。

他痛得搖晃身體，腳步不穩地跪在地上。

插在背後的刀，並不是光靠他一個人就能取出來的。

原以為兔子會趁機會給他最後一擊，但兔子卻飛快掠過他身邊，雙手抱起左牧，迅速往岩壁上方跳。

他帶著左牧回到原地，而原本被面具型制伏的羅本也正好一拳打在對方的肚子上，將人擊倒在地。

看見兔子帶著左牧出現，羅本很有默契地用眼神暗示他，接著兔子便頭也不回地往樹林裡直奔而去。

羅本則是抓起地上的狙擊槍，和兔子兵分二路。

雖然只有短短幾秒，但左牧確認了羅本的安危後，不禁鬆了口氣。

待在兔子的臂彎中相當安全，可這並不代表他們已經逃離追殺。

很快地，樹林後方跳出兩名面具型罪犯，朝著兩人開槍。

手槍的射速異常快速，兔子判斷這兩人應該特意改造過槍枝，也就表示那是他們擅長的武器。

為了閃避子彈，兔子故意往上跳，利用樹幹阻擋子彈的路徑，邊保護自身安全邊往前進。

「那些傢伙出現的時間點有點太湊巧，就好像是知道我們剛離開『巢』，無法回去，才會挑現在突襲我們。」

兔子靈活的身手給了左牧思考時間，接連看下來，應該是何尚又試圖背叛他們。

事不過三，這次他可不會再當好心人，給何尚機會了。

「總之得先擺脫追兵。」

他看不清楚兔子的移動方向，不確定他要把自己往哪帶，但他一點也不擔心。

追逐兩人的面具型罪犯已經發現破綻，飛越到更高的地方，由上而下朝兔子射擊。

兔子沒有閃避，甚至不把他們的攻擊放在眼裡。

當他們以為這是個機會，正要扣下扳機的時候，一聲槍響從樹林深處傳出，準確無誤地將其中一名面具型罪犯的面具貫穿。

鮮血噴灑而出，人也隨之落地。

另一名面具型罪犯很快就從子彈射出的地方發現鏡頭的反光，立刻鑽回樹林。

在不遠處進行狙擊的羅本，很快地將子彈重新裝填，槍口上還冒著白煙。他將眼睛從瞄準鏡上移開，迅速扛著狙擊槍在樹林移動。

兔子和羅本雖然才認識不久，但兩人的合作默契卻好到一種可怕的地步。剛才的眼神暗示，如果不是在信任彼此的前提下，很難做到完全將自己的性命交給對方。

左牧知道剛才那槍是羅本的傑作，只是他沒想到，這兩人竟然配合得這麼好。

擺脫面具型罪犯的追擊，兔子將左牧帶到自己熟悉的洞窟躲藏。

左牧從沒想過，自己會這麼想念兔子的「老家」。

兔子將左牧放在岩石上，接著羅本也悄悄從洞口鑽進來。

「兔子，麻煩你去周圍看看情況，我不認為他們會輕易收手。」羅本壓低眉毛，認真說道：「尤其是追著你的那個白面，他是邱珩少手下最強的面具型罪犯，你得小心一點。」

兔子點點頭，真的按照羅本的指示往外走。

左牧傻眼地盯著任意使喚兔子的羅本，並看著他在自己面前單膝跪下。

「沒事吧？」他抬起左牧的右腿檢查。

左牧這時才感覺到疼痛，頓時皺緊眉頭：「嘶——好痛。」

「看起來沒傷到骨頭，只是破皮而已。」

要是羅本沒說，左牧恐怕都沒注意到自己受傷了。

羅本簡單替左牧包紮完之後，兔子也正好回來。

「比想像的還快，你確定對方沒追來？」羅本質疑兔子，擔心他會因為擔心左牧而大意。

兔子從口袋裡拿出紙筆，信誓旦旦地寫下：「**沒有人追過來，就算有，也找不到我們。**」

羅本不是很相信兔子，倒是左牧替他開口說話。

「兔子說的沒錯，他們找不到這裡。這片樹林兔子比誰都熟悉，待在這裡可以稍微避避風頭，但也不能待太久。」

「只要能撐一下就好，他們找不到人就會放棄。更何況白面那傢伙也不會離開邱珩少太長時間。」

以羅本對敵人的認知，他可以保證對方的追擊意圖不高。

邱珩少向來都是打快狠準的戰術，花太多時間追殺單一玩家不像他的作風。

「不過他是怎麼知道我們在那裡的？還咬定我一定會出手幫忙何尚？」

「我也不清楚，要是知道的話，我們也不用逃得這麼辛苦。」

「說得也是。」左牧嘆口氣，「幫人總是沒有好結果，那個叫何尚的傢伙，居然又投靠邱珩少……話說回來，他是怎麼從正一眼皮底下溜出來的？」

「等活過今天再去問本人也不遲。我想，有過兩次失誤，邱珩少絕對不會留他活口，你大可不必擔心他會害你第三次。」

「這下計畫有可能會被打亂，又或者邱珩少早就察覺到博廣和的計畫，知道他和我交換條件，才會先發制人對付我。」

羅本摸著下巴思索：「我覺得可能性滿高的，否則很難解釋他為什麼又跑來針對你。」

「不過……」左牧瞇起眼睛，「若是這樣，就代表博廣和身邊還有一個會向邱珩少通風報信的叛徒。」

「機率很高。」

「要通知他才行。」

團體越大，手下的罪犯也會越難掌控。

像博廣和和邱珩少這樣的多人團體，照道理來說是很容易滲透的才對。

可是，邱珩少的人卻相當死忠，除了羅本這個例外，恐怕找不到會背叛他的人。

不光是罪犯，就連玩家也完全掌握在手裡。

邱珩少還真是一個可怕的男人。

說起來，不久前好像也才發生過類似的事情。

「忽然覺得人際關係好麻煩啊……」

羅本聽見他的抱怨，挑眉說道：「每個人都有自己的目的，而且這座島上，沒有人會做對自己無益的事。」

「說的也是。」左牧無法否認，畢竟他自己也是。

這座島上的人，基本就是人渣和社會敗類大集合啊。

看到左牧面容沉重的模樣，兔子有點慌張，急急忙忙蹲下來，將下巴靠在他的大腿上，眨眼盯著他瞧。

左牧看著兔子，正想說些什麼，就聽見洞窟外傳來樹枝被踩斷的聲響。

羅本和兔子下意識將左牧護在身後，三人壓低身體，躲進洞窟的陰暗處。

他們聽見有人從上方走過去的腳步聲，距離近到彷彿只要呼吸就會被發現。

左牧可以從鼓膜清楚聽見自己此刻的心跳有多快。

但就像兔子剛才說的，他們並沒有發現這個洞窟的存在，甚至待不到幾秒鐘就離開了，羅本對這結果感到有些意外。

他們不可能沒發現這個洞窟，可是卻像對這裡毫無興趣一般，看也不看便轉身離開。

兔子高興地看著他們錯愕的反應，伸手從洞窟上方拉下一層皮毛。

左牧和羅本看見他把帶著骨頭和血肉的皮毛攤在眼前，才終於明白緣由。

「你把這個洞窟偽裝成野獸的巢穴？」左牧半信半疑地問道。

兔子點點頭。

出乎意料的偽裝方式，讓羅本大開眼界。

「真有你的，怪不得他們連看也沒看，是覺得不可能有人躲在野生動物的巢穴裡吧。」

左牧雖然不是第一次利用這個洞窟躲避危險，但之前他都不知道原理竟然是這樣。兔子在生存方面的知識，真的比他強太多太多了。

果然是在島上生活太久，進而習得野外生存的技巧嗎？

「這樣應該可以替我們爭取一些時間。」羅本將左牧的手環在自己的肩膀上，扛著他走出洞窟，「先轉移到更安全的地方吧。」

兔子點點頭，走在前面探路，十分放心地將左牧交給羅本照顧。

不得不說今天他過得真的很糟糕，遇見邱珩少的面具型罪犯之後，他已經完全把找人的事情拋在腦後。

當天夜禁前，他們終於順利回到「巢」。

慶幸的是，白色笑臉面具直到最後都沒出現，看來就跟羅本說的一樣，應該回到邱珩少身邊了。

「得想個辦法對付邱珩少才行，否則再被他這樣搞，我有幾條命都不夠。」

洗完澡的左牧，坐在床上讓羅本替自己包紮。

現在主臥室裡只有他們兩個人，經過今天的事情後，兔子已經能很放心地讓他們兩人單獨相處。

趁著兔子窩在房裡吃東西，羅本簡單替左牧治療傷口。

「皮肉傷很快就能好，而且傷口也已經沒有流血，貼上人工皮，幾天就能癒合。」

「謝謝。」

左牧起身走了幾步，確實已經沒有之前那樣疼痛。

他真該慶幸自己今天只是受點小傷，而不是斷手斷腳。

「我勸你還是暫時別和其他玩家聯繫，因為還不知道臥底是誰，跟那些人見面風險太高，只會讓今天的事不斷重複發生。」

「你覺得其他人有可能遇到同樣的情況嗎？」

「很有可能。派來找你的面具型罪犯已經算是比較容易對付的了。連我都能解決掉的話，就不會是他手邊的主力。」

「但你說最強的白色面具卻出現在我跟兔子面前。」

「估計是那名面具型罪犯自己的判斷。」

「我記得一名玩家最多只能有七名面具型罪犯不是嗎？邱珩少擁有的人數，似乎遠遠超過這個數字。」

「那是僅限於登記在系統內的面具型罪犯，他身邊有很多候補，甚至還有面具型組成的小隊，像今天遇到的就是。」

左牧一驚：「這是正常的嗎？」

「當然不正常，但邱珩少就是有那種能力，可以讓他們乖乖聽話。」

原本他以為博廣和已經是島上勢力最強大的人，沒想到邱珩少卻遠不只如此，這樣一來，其他人根本是躺著任他宰割。

「邱珩少能掌握這麼多面具型罪犯，絕對不會是偶然。」左牧雖然震驚，但同樣也沒放棄希望，「如果能找出理由，或許就能掌握擊敗他的方法。」

羅本有些驚訝，沒想到左牧在聽見這些話後，仍然想著要把邱珩少打敗。

換作是其他玩家，恐怕早就喪失和他對抗的意志，就像何尚。

左牧沒有權力、沒有鑰匙、也沒有人手，說真的，現在他說的話對羅本來說，就只是單純痴人說夢，不切實際。

可是不知道為什麼，羅本卻產生了「是左牧的話應該可以做得到」這種想法。

這時，布魯忽然跳了出來：「左牧先生，有其他玩家傳來的通訊要求。請問您要接嗎？」

「先看看是誰。」

「是何尚先生。」

左牧和羅本驚訝瞪大眼睛，很有默契地交換眼神。

「何尚？他想幹嘛？」

「該不會是想跟你求救。」

不得不說，左牧還真覺得羅本說的可能性挺高。

「你要接？」羅本已經從左牧的眼神裡看出他的決定，嘲笑道：「是誰之前還在反悔，說自己再也不當好人的？」

「少吐槽我。」

左牧知道這麼做沒好處，但他實在非常好奇何尚想幹嘛。

於是他對布魯說：「接過來。」

視訊接通，他們先是看見畫面一陣混亂，晃動得非常厲害，而且似乎不在

「巢」中，這讓兩人浮現出一股不祥的預感。

左牧和羅本交換眼神，正疑惑這是什麼情況的時候，影像裡突然傳出一聲淒厲的慘叫。

接著畫面摔在地上，清楚照到有個人倒在鏡頭前，正努力往前爬。

他狼狽地站起身後，原本想趕緊離開，卻注意到手中的東西不見了，於是急急忙忙跑回來撿起螢幕，這時，畫面裡的人才注意到通訊已經順利接上。

熟悉的臉占滿螢幕，同時用顫抖的吻說道：「左、左牧……是你嗎？」

「你想幹嘛？」左牧皺緊眉頭，雙手環胸，「我可沒蠢到會再上你的當。」

何尚的臉色本來就很慘白，但在聽見左牧說的話之後，他的眼中多了一股絕望。

「是嗎……果然是這樣……哈、哈哈……」

他轉身躲在岩石底下的陰影處，微弱的月光照在他的臉上，這時兩人才發現，他的眼睛和鼻孔正不斷冒出鮮血。

羅本張大眼睛：「中毒？你沒回去正一的基地或自己的『巢』？」

「那是因為我已經沒有活下去的意義了。」

左牧心裡一驚：「你這句話是什麼意思？」

「邱珩少完全破壞了你們對我的信任，現在的我沒有朋友、沒有同伴，只有等死的分。」

破壞信任？

這是怎麼回事？

左牧和羅本的表情相當困惑，而螢幕那頭的何尚，則是自顧自地繼續說下去。

「我想脫離他的束縛……真的……但他卻威脅我……」他邊說邊哭，淚水和鮮血混雜在一起，同時開始劇烈咳嗽，「如果我不回去自己的『巢』，他就要殺了我的家人……我、我不知道他要怎麼做到，但、但是那個男人確實有可怕的能力。我早就下定決心，也知道他會在那裡埋伏我，但我不想死……不想死啊……所以我逃了……盡全力逃跑……」

左牧可以看到他的眼神變得越來越渙散。

他知道自己看著的，可能是一個人死前最後的遺言，但他卻因為無法相信何尚說的話，而對自己感到火大。

這座島和這場遊戲，想破壞的就是身為人的信任。

來到這裡後，你會發現，沒有什麼事情是值得你去「相信」的。

就算是真心想要改過的人也一樣。

何尚在閉起眼睛之前，用微弱的聲音，向他道歉：「對不起……」

接著畫面掉落在他腳邊，雖然看不見何尚的臉，鮮血的顏色卻清晰可見。

這時他們才發現，何尚早在中毒前，腹部就已經受了重傷。

不是手槍，而是刀具造成的傷口。

聽見他道歉的左牧猛然起身，臉色一黑，大聲說道：「兔子！」

從自己房間裡衝出來的兔子，來到他的面前，神情顯得有些緊張，因為左牧的口氣聽起來相當憤怒。

他還以為是自己偷偷把烤雞藏在房間裡吃，或者是他上次上完廁所沒洗手就拿三明治給左牧吃的事情被發現了，忍不住直冒冷汗。

然而他發現整個空間的氣氛相當糟糕，慢了半拍的他，不由得迷惑地眨眨眼睛。

「喂，你該不會是想——」

看出他的意圖，羅本原想阻止，但左牧卻不顧他的阻攔。

「布魯，把通訊位置調出來給我。」

「是。」

螢幕出現島嶼的輪廓和訊號發出的地點，左牧立刻向兔子下令：「兔子，去把人帶回來。」

兔子雖然還沒搞懂是怎麼回事，對他的命令卻沒有絲毫猶豫，一鼓作氣衝出

「巢」，展開行動。

羅本看到兔子飛奔離開，不禁對左牧的決定搖頭嘆息。

「說不想再給他機會的人究竟是誰？」

左牧沒有後悔自己的決定，反而轉過頭來，認真地盯著羅本。

「要是你看到剛才的畫面還能無動於衷，那你就跟島上的野獸沒什麼不同了。」

羅本緊抿雙唇，無法否認，但左牧做的事情實在太過危險。

「希望你的好心，這次會有好報。」他誠心希望，左牧的天真不會再讓他自討苦吃。

當兔子把何尚帶回來的時候，人已經死了。

左牧本來就沒抱多大希望能帶回活人，他只是希望遺體能夠得到安置。

他讓布魯聯繫主辦單位，請他們來帶走遺體。

隔天早上醒來的時候，何尚的遺體已經消失不見，布魯說是主辦單位帶走的，在跟兔子確認真偽後，他才安心下來。

「沒想到主辦單位居然可以偷偷摸摸溜進玩家的住處，他們果然是島上的神明啊，簡直跟偷窺狂一樣。」左牧邊吃早餐邊碎碎念，嘴裡嚼著玉米片的他，看起來相當不爽。

羅本將剛煮好的咖啡放在他面前：「『巢』的主控系統在他們手上，他們當然有辦法進出，不過至少他們不會隨便把我們殺死，畢竟我們是重要的『玩具』。」

「哼……聽起來真刺耳，果然還是應該從中央大樓下手。」

羅本雖然沒有否認，但玩家想溜進去根本是天方夜譚。

「下次的鑰匙任務，如果你允許的話，我可以再偷溜進去，看看有沒有辦法找到什麼有用的情報。」

「例如？」

「監控的死角。」

不管是再怎麼精密的部屬，一定都會產生死角，更不用說是在大自然環境圍繞的島嶼上。

左牧想起他找到的洞窟、河流的下游，還有古堡底下的空間，這些地方都很有可能是主辦單位無法監控的地區。

就算主辦單位能知道位置，但沒有監視鏡頭的話就沒有意義。

「你的想法不錯，好，就照你的計畫進行。」

接下來就只能等主辦單位發布下次的鑰匙任務，而在這之前，他只需要好好地活下去。

才剛下定決心的左牧，再次接到了通訊通知。

「左牧先生，有玩家想和您取得聯繫，請問是否要接受？」

左牧不禁垮下嘴角：「每個人都打來找我是怎樣？」

他不喜歡講電話，而且每次有通知都不會是好事。

「要拒接嗎？」

「……不，先看看有什麼重要的事。」

「是。」

布魯將畫面接過來，出現的是正一的臉。

左牧原本剛睡醒的表情，在看見正一狼狽的模樣後，立刻嚇得站起身。

「正一？發生什麼事了？」

正一身上的傷看起來不輕，臉部有被燙傷的痕跡，身體也滿是鮮血。

「不用擔心，這不是我的血。」

正一將鏡頭往後拉，左牧這才發現，他收留何尚的小屋，居然陷入熊熊大火中。

「怎麼會……」

「我早上起來就發現變成這樣了，而且礙於時間限制，我得等到島上的毒氣消散才有辦法過來滅火。」

左牧皺眉：「是邱珩少燒的嗎？」

「只可能是他。雖然我極力撲滅火勢，但怎麼樣也沒找到何尚的人，連屍體也沒看見。」

左牧愣了下，這才想起還沒跟正一說這件事，便把昨晚的情況以及何尚的死，從頭解釋了一遍。不過他刻意把被邱珩少的面具型罪犯追殺的事隱瞞下來。

聽見左牧說的話之後，正一悲傷地搖頭嘆氣：「也就是說，他昨晚受到襲擊，無處可逃而被殺害，接著邱珩少就把我窩藏他的基地燒掉。」

看正一的反應和回答，似乎不知道何尚昨天想要回到自己的「巢」的事情，便好奇問道：「你沒有派人看著他嗎？」

「他不讓我派，我也不想勉強，想讓他好好靜養。原本是打算早上再回去看看，沒想到會變成這樣……早知道我就該強硬點。」

「現在後悔也改變不了事實，抱歉把你捲進這件事裡。」

「不用這麼客氣。」正一苦笑，「要不是你，我也活不到現在，幫點小忙是應該的。」

結束和正一的談話後，左牧再次陷入沉思。

「世上沒有絕對的好人或壞人。」羅本忽然開口對他說，「但邱珩少那傢伙，絕對不能留下活口。」

「那個人太可怕了。」左牧說道，「他不但支配力量，還支配著所有人的恐懼。明明差一把鑰匙就能成為贏家，離開這座島，就算是想自保，也做過頭了。」

島上的玩家都不想讓他得到五把鑰匙離開，恐怕也隱藏著什麼原因。

「邱珩少除了殺死何尚之外，還燒掉正一的基地，你不覺得有些奇怪嗎？」

羅本勾起嘴角：「我正好也在懷疑這件事。」

「何尚的『巢』在他死亡的時候就廢棄了吧？布魯。」

「是的，現在任何玩家都能自由進出。」

「你該不會想過去？」羅本有些意外，「過去搶奪資源的玩家可能不少，你確定嗎？」

「這我知道，武器的話隨便他們拿，我想找的是其他東西。」左牧起身，往屋外走去，「走了，你們兩個。」

「真是拿你這種愛跑危險地方的個性沒轍。」羅本搖搖頭，扛起裝著狙擊槍的黑色袋子，乖乖跟上。

而兔子則是根本不在乎他們兩個人在說什麼，只管高高興興地跟在左牧身後。

——《遊戲結束之前02》完

BEFORE THE END
OF THE GAME

後記

ゲ　ー　ム　が　終　わ　る　前　に

各位好，我是好幾個月都沒有出門玩快要被悶爆的坑草。

每次寫新的系列故事，都像是交考卷一樣緊張，因為我自己很喜歡這種類型的故事，忍不住就會手癢想寫啊！

第二集這邊，左牧多了個新搭檔，但是請放心，這位搭檔不會動搖兔子的正宮地位，畢竟再怎麼說左牧都還是兔子的所有物（等等哪裡不對）。

因為左牧是遊戲中期進去的，所以身為菜鳥的他，生命幾乎天天都受到威脅。雖說只是為了找人而參加遊戲，但如果不認真玩的話，一個不小心就會連自己的命都賠進去。

隨著登場的角色越來越多，關於失蹤玩家的情報也會一一揭曉，不過我想大家最關心的應該還是左牧和兔子吧XD。

老實說，我真的很喜歡這對搭檔。除此之外，其他搭檔也蠻有趣的，不知道大家喜歡哪一組呢？

希望這次的故事也能帶給大家新的感官饗宴，也謝謝支持這部作品、支持坑草的各位，請好好享受這對搭檔的殺戮冒險故事，我們第三集後記見。

草子信

草子信FB：https://www.facebook.com/kusa29

高寶書版集團
gobooks.com.tw

輕世代 FW342
遊戲結束之前02 - 支配禁止 -

作　　者　草子信
繪　　者　日　々
編　　輯　任芸慧
校　　對　林雨欣
美術編輯　彭裕芳
排　　版　彭立瑋

發 行 人　朱凱蕾
出　　版　三日月書版股份有限公司
　　　　　Printed in Taiwan
地　　址　臺北市內湖區洲子街88號3樓
網　　址　www.gobooks.com.tw
電　　話　(02) 27992788
電　　郵　readers@gobooks.com.tw（讀者服務部）
傳　　真　出版部　(02) 27990909　行銷部 (02) 27993088
郵政劃撥　50404557
戶　　名　三日月書版股份有限公司
發　　行　英屬維京群島商高寶國際有限公司台灣分公司
　　　　　Global Group Holdings, Ltd.
初版日期　2020年10月
五刷日期　2022年 2 月

國家圖書館出版品預行編目(CIP)資料

遊戲結束之前 / 草子信著.-- 初版. -- 臺北市：三日月書版股份有限公司出版：英屬維京群島高寶國際有限公司臺灣分公司發行, 2020.10-
面；　公分. --

ISBN 978-986-361-906-2(第2冊：平裝)

863.57　　109012934

三日月書版

三日月書版

GOBOOKS & SITAK GROUP©

GOBOOKS & SITAK GROUP©